CADERNO DE UM AUSENTE

CADERNO DE UM AUSENTE

JOÃO ANZANELLO CARRASCOZA

Grafia atualizada segundo o Acordo Ortográfico da Língua Portuguesa de 1990, que entrou em vigor no Brasil em 2009.

Capa e projeto gráfico
Elisa von Randow

Preparação
Eduardo Rosal

Revisão
Márcia Moura e Renata Lopes Del Nero

Os personagens e as situações desta obra são reais apenas no universo da ficção; não se referem a pessoas e fatos concretos, e não emitem opinião sobre eles

Dados Internacionais de Catalogação na Publicação (CIP)
(Câmara Brasileira do Livro, SP, Brasil)

Carrascoza, João Anzanello
Caderno de um ausente / João Anzanello Carrascoza; posfácio de José Luiz Passos — 1ª ed. — São Paulo : Alfaguara, 2017.

ISBN 978-85-5652-033-3
ISBN 978-85-5652-036-4 (coleção)

1. Ficção 2. Ficção brasileira I. Título.

17-01155 CDD-869.3

Índice para catálogo sistemático:
1. Ficção : Literatura brasileira 869.3

4ª reimpressão

[2022]

EDITORA SCHWARCZ S.A.
Praça Floriano, 19, sala 3001 — Cinelândia
20031-050 — Rio de Janeiro — RJ
Telefone: (21) 3993-7510
www.companhiadasletras.com.br
www.blogdacompanhia.com.br
facebook.com/editora.alfaguara
instagram.com/editora_alfaguara
twitter.com/alfaguara_br

Para Juliana

De que modo ensinais as coisas futuras,
ó Senhor, para quem não há futuro?
SANTO AGOSTINHO

[...] *mas que doce amargura dizer as coisas* [...]
RADUAN NASSAR

Filha, acabas de nascer, mal eu te peguei no colo, e pronto, *já chega*, disse a enfermeira, e te recolheu de mim, foi apenas pra gravarmos uma cena, agora os pais assistem ao parto, e tudo é filmado, antes não havia nada disso, eu nasci das mãos de uma parteira, já na época do teu irmão — um meio-irmão, de quinze anos, é bom que logo saibas —, a moda era o registro fotográfico, outro dia ele se viu numa foto comigo, logo que veio à luz, e sorriu, e, em seguida, silenciou, e então eu imagino o que ele, como um rio rumo à foz, leu nas águas daquele momento inicial, e, agora, eu também só concordei com a filmagem pelo mesmo motivo, pra que te vejas, no futuro, junto a mim, eu te recebendo nesta hora primeira, dando-te as boas-vindas, se assim se pode dizer, vais descobrir por ti mesma que este é um mundo de expiação, embora haja ocasionalmente umas alegrias, não há como negar — as verdadeiras vêm travestidas, é preciso abrir os olhos dos teus olhos pra percebê-las. Acabas de nascer e eu tenho de te explicar, como se já pudesses entender, e, da mesma forma, estou dizendo a mim, que não vamos passar muito tempo juntos, que deves te preparar pra viver mais longe de mim do que perto — eu farei parte, pra sempre, só do início de tua história; não há outro jeito, mesmo com a maior das esperanças, de te ver crescer como vi o teu irmão e continuarei a vê-lo até se tornar adulto, ele à beira de ser o homem que será, talvez até dê tempo pra que eu o veja se casar e me dar, quem sabe, um ou dois netos.

Mas tu, não. Vens com esta marca, de minha ausência, a envolver inteiramente a tua vida, e este é um dos primeiros sustos que temos nesta existência, somos o que somos, não há como alterar a nossa história, sobretudo se ela já começa no meio, ou mais próxima ao fim — esta porta do hospital, de vaivém, foi a tua porta de entrada, talvez seja a minha de saída —, se há destinos emaranhados, o meu e o teu apenas vão se resvalar feito fitas, ainda que o toque possa abrir em nós uma ferida, como as folhas de papel. Dependendo da maneira como as pegamos, as folhas de papel, inocentes, em sua aparência, nos rasgam a pele, até mesmo as peles mais rudes, de lavradores como o teu avô, meu pai, que já se foi, folhas de papel, especialmente em branco, podem, de súbito, se encher de sangue, pela tua própria ação intempestiva, imagine, então, quando nelas as palavras irrompem em incontrolável hemorragia. Ali, naquela bacia, a placenta que até há pouco te envolvia, como a casca de um ovo, ela te mantinha protegida, preparando-te pra vida do lado de cá; deves estar sentindo frio, depois de tanto tempo no calor do ventre, a tua mãe agora dorme, tu, que vens de dentro dela, deves saber o quanto ela padeceu, e esse é outro fato inescapável de teu destino, uma mãe de saúde débil, mas que correu todos os riscos pra te trazer aqui, amor não te faltará, eu te asseguro, ela é dessas mulheres que deseja a proximidade o tempo inteiro, capaz até de te sufocar, de tanto amor, mas de tua mãe falarei depois, pelo cordão umbilical tu já a conheces mais no âmago do que eu, apesar do que dizem sobre os casais — que tanto se conhecem a ponto de se confundirem —, o mistério de cada um só a ele pertence, há regiões nossas às quais nem nós mesmos alcançamos. Desculpe-me por te dizer isso quando ainda mal chegaste, eu sou saudável pra um homem de cinquenta e tantos anos que cometeu lá os seus excessos, tenho vitalidade de sobra, há manhãs que me sinto em plenitude, com um desejo de viver maior do que em menino, quando queria crescer logo e imaginava existir um abre-te sésamo pra me revelar os mistérios do mundo, eu acreditava que havia uma escrita cifrada em algum documento oculto, por meio da qual todo o sem-sentido da existência, de repente, se iluminaria, eu supunha que podia encontrar o pergaminho, a chave lendária, o livro sagrado que explicaria o engenho humano e o segredo das divindades — tu descobrirás, filha, que sonhar nos salva da rotina, mas, também, nos desliga da única coisa que nos mantém em vigília: o muro concreto do presente. Sim, estou ótimo pra alguém da minha idade, ao menos é como me sinto, quero permanecer ainda um tempo por aqui, mas, preciso te dizer, filha, sei bem distinguir quando aquilo que capto, na configuração das nuvens, é apenas uma suspeita ou um fato a caminho, ineludível, aprendi a ler o que está escrito nas altas esferas, e também no rodapé da nossa rotina. Apesar de vítimas dia a dia de enganos, há uma hora em que aprendemos a reconhecer a verdade em qualquer rosto, mesmo num rosto disfarçado com máscara grosseira, ou refeito por mil cirurgias, haverá sempre quem diga, mirando a tua face rubra, ainda amassada, depois de rascunhada e, ao longo dos últimos meses, envelhecida dentro de tua mãe — este processo nunca para, é a silenciosa bomba-relógio de nossa existência —, que tens alguns de meus traços, talvez os menos marcantes; por isso, eu te peço perdão, filha, por não ser o anfitrião ideal, por te recepcionar com estas palavras rascantes, mas não há como esconder a morte ante a estreia de uma vida.

A tua mãe, tão reservada, pediu a filmagem do parto apenas pra rebobinar as lembranças quando quisesse te ver chegando, novamente, jamais pra exibir à visita ou a familiar distante, ela preferiu o "livro do bebê", no qual se registram o primeiro banho, a primeira palavra, o primeiro dentinho e tudo o mais ao longo de um ano, amanhã vai começar a assinalar cada progresso teu, e com qual idade tu o lograrás, pra depois dizer ao pediatra, e conferir, com orgulho, que estarás crescendo forte, apesar de ser fruto de um esperma velho e de um amor tardio. — Tua tia Marisa tentou convencê-la a fazer um álbum de fotografias, desses anunciados na internet, vinte reais a cópia, sete tamanhos, quatro estilos de capa, cinco tipos de papel, mais de mil opções de layout, a história do bebê contada com desconto de até sessenta por cento — enfim, vai te acostumando com a matemática, filha, os números vão reger as tuas decisões —, mas ela não se motivou, talvez tenha se enfastiado com tantas dicas que recebeu pra cuidar de ti, sobretudo os guias práticos das mamães, *A encantadora de bebês resolve todos os seus problemas*, *Pequena biblioteca do bebê*, *O que esperar quando você está esperando*, *Nana nenê*, *O primeiro ano de seu bebê mês a mês*, mas a tua mãe optou por este caderno de notas, registro de tuas iniciações, poderia já preencher a primeira página, a caligrafia dela é linda, as letras bem definidas, tu verás, fácil pra qualquer leitor reconhecer — diferente do meu "j" que parece "g", de meu "l" que se confunde com o "i" —, as palavras grafadas com limpidez, igual água dentro do vidro, exibindo toda a transparência de sua escritura líquida e, ao mesmo tempo, escondendo resíduos de substâncias, milagrosas ou nocivas, a revelar e ocultar seu segredo em qualquer punhado de correnteza que colhemos; — a tua vida, filha, é um texto que há tempos começamos a escrever, mas, daqui em diante, também te cabe pegar esta tinta e delinear o teu curso, tome só cuidado com o que retiras do nada e trazes à superfície, é comum borrar ou rasurar um trecho, mas é impossível apagá-lo, a palavra se faz carne, e a carne se lacera, a carne apodrece aos poucos, mas é também pela carne que a palavra se imortaliza. Não há borracha para um fato já vivido, pode-se erguer represas e costões, muralhas e fortalezas para barrar o fluxo das horas, mas, uma vez que o sol se torne sombra, que o luar penda no céu em luto, a névoa se disperse na paisagem pendurada à parede, o dedo acione o gatilho, nada mais se pode fazer; nossa jornada, aqui, é única, a ninguém será dada a prerrogativa, salvadora ou danosa, da reescrita. —

Filha, tua mãe, amanhã, vai abrir o teu livro de bebê e anotar na primeira página o que, em verdade, já está escrito — a mão dela vai apenas confirmar, como um compositor confirma, ouvindo seu ritmo interior, as notas que ele dispõe na partitura. *Nome do bebê:* Beatriz *Sexo:* feminino *Tamanho:* 50 centímetros *Cor da pele:* branca *Cor dos olhos:* cinza (tua mãe gostaria que se tornassem azuis, mas serão castanhos) *Cor dos cabelos:* preto *Dia de chegada:* 30 de abril *Ano:* 2002 *Horário:* 14h21 *Lugar:* Maternidade Santa Catarina *Cidade:* São Paulo *País:* Brasil *Nome da mãe:* Juliana *Nome do pai:* João. Imagino os outros dados desta página inaugural e das seguintes que precisam ser preenchidos, a primeira roupa que te vestiram, e quem a deu, se era verão ou inverno, se naquela noite chovia, quem foi a tua primeira visita, e se há alguma marca em teu corpo, se tu espirras, se choras, se tuas unhas estavam crescidas, o teu primeiro arroto, o primeiro vômito, o primeiro peido, não há fronteiras, filha, para a criatividade — e para a pieguice — humana, tudo pra honrar a tua história, pra te conferir uma aura de singularidade, embora sejas apenas mais um, entre milhares de neófitos, que vai se igualar a todos no espanto de te descobrir finita, no aprendizado do amor e da inveja, na dolorida jornada rumo à conscientização de tuas misérias, no sonho de encontrar a explicação que te salve de ti mesma, a magia que retire de teu corpo o limite que o aprisiona, e de tua imaginação o medo que a refreia.

Logo, tua mãe terá tantos afazeres, que se esquecerá deste livro, concebido, aliás, só para esses primeiros dias de espanto; em breve, filha, os teus progressos não serão mais anotados no papel, mas em nossa carne e em nossa memória, especialmente na tua, porque a dor de dente é menor na boca alheia, as angústias não podem ser partilhadas ainda que queiramos, somente nós mesmos sabemos (sabemos?) o bem e o mal de ser quem somos. Deveriam inventar um livro correspondente para os pais, eu e tua mãe poderíamos anotar nele o que tu, mesmo involuntariamente, nos causou com a tua vinda e o que vais nos causar adiante: o primeiro susto (será que ela é mesmo normal, sem nenhum defeito?), a primeira decepção (é tão feia quanto qualquer recém-nascido), a primeira tristeza (ainda que tenhamos amor por ti, não é um amor grande o suficiente pra ter te deixado só no sonho), a primeira dor (afinal, somos responsáveis por ter te trazido aqui — aqui, onde terás de conviver diariamente com o não, quando todo o teu ser suplicará pelo sim).

Bia, já posso pronunciar o teu nome com a força da verdade, estás ali, acontecendo, naquele berçário à meia-luz, entre paredes verdes — um verde erva-doce, distinto do verde-musgo dos meus olhos —, entre outras crianças, também egressas de outros úteros; na certa te sentes exilada e, talvez, como muitos de nós, continuarás por muitos anos, senão pra sempre, a te sentir assim, imprópria pra este mundo, transplantada pra um terreno que muda de estação pelo teu olhar mais do que pelas formas que o determinam, porque, às vezes, há mais seca numa inundação do que num deserto, mais verão numa folha do que num bosque inteiro; tu estás começando a te adaptar do lado de cá, onde os nervos vivem expostos e as garras crescem, adaptar-te a esta sólida certeza, tão sólida que há quem precise da vida inteira pra se ajustar a ela, pra entender a sua lógica, pra tingir o seu cinza de tanta realidade até que se torne negro; o único jeito de te violentar menos, Bia — agora pronuncio o teu nome, não mais temeroso —, é aceitar que as tuas vísceras são de vidro, que o teu sistema de amar é falível, que os teus sonhos se desregulam, e na entrega está o germe de nossa resistência; não há, Bia, é bom que aprendas cedo, não há outra maneira de avançar senão experimentar, seja o que for, pena ou regozijo, ternura ou estupidez, o seu máximo limite, não se bebe o momento em pequenos goles, mas em longos tragos, afogando-se nele até sentir, em tuas entranhas, a vertigem de ser quem tu és inteiramente, de saberes desde já, sem que tenhamos te ensinado, que vão te reconhecer pelos traços que teu rosto ganhará nos próximos anos, pelo timbre de tua voz, talvez até pelo teu jeito de andar, vão te reconhecer, Bia, se conseguires alinhar o ritmo de tuas células ao giro dos astros, pelo tom do teu silêncio mais do que pela qualidade de tua fala. ▬ Ainda hoje, provavelmente de madrugada, após o sono inaugural fora de tua redoma, acordarás com fome e compreenderás que não estás conosco no paraíso, e, então, vão te trazer a este quarto e te entregar à tua mãe, e só depois que tu e ela conseguirem se encaixar, a água salgada na face de ambas, a tua boca finalmente a sugar o seio dela, a tua cruz se tornará leve por um instante, e seguirás, assim, pela vida afora, em busca de experimentar novamente esse êxtase. ▬ A fome maior, Bia, a gente mata comendo os próprios lábios, mastigando com a gengiva os nossos dentes e engolindo a nossa própria garganta. ▬ Tua mãe, os mamilos rasgados pela abundância de leite e pelos teus sorvos sedentos, daqui alguns dias em carne viva, te passará — tão mínima neste mundo, tão pequena e leve tu és, caberias numa caixa de sapato, como as cartas e as fotos e tudo o mais acumulado pela maioria das pessoas —, te passará pros meus braços, Bia, e aí eu poderei pronunciar, não mais mentalmente, ou apenas sangrando no papel, o teu nome com a minha voz, soprando-o diante de teu rosto, e tu sentirás o meu hálito, nada divino, tão (e irremediavelmente) humano, Bia, pois é essa fragilidade, esse abandono forçado de cada um na sua própria solidão, que nos configura, que nos inunda de esperança, embora, também, nos prenda ao chão e faça de nossos pés raízes vivas, rastejantes.

Contigo em meus braços, poderei dizer o teu nome, Bia, com a paciência dos compassivos, certo de que, a partir de então, ele nomeará a tua vida; vida que acompanha o meu ritmo respiratório, a tua cabeça encostada em meu peito, a ouvir meu coração; o coração de tua mãe conheces há tempos, os filhos não aprendem a amar a mãe, Bia, os filhos amam a mãe desde o início, mas o pai, o pai os filhos têm de aprender a amar, porque sempre estiveram fora dele, e, mesmo dizendo o teu nome diariamente, desde que soubemos pelo médico, *é uma menina!*, mesmo sussurrando o teu nome junto ao umbigo de tua mãe, como se tu pudesses me ouvir, como se a pele não fosse também uma casca de mentira, capaz de enganar o toque que nela reverbera, só agora eu posso dizer o teu nome, com a força dos conjuros, o nome é que nos inicia no mundo dos signos, Bia, o nome é a sombra que vais carregar minuto a minuto, como os teus braços, e, junto ao nome, há uma estrela com a data de tua chegada, quando ela então começa a luzir, e terá de luzir sem parar, mesmo que não queiras, ou odeies o esplendor, luzir até que se apague será a tua sina, Bia, assim se passa com cada um de nós; sem que o saibamos de largada, o que nos eleva, embora também nos dilacere, são as grandes feridas. O nome, Bia, é a primeira delas, e continuará edema aberto pra sempre — mesmo quando,

ao lado dessa estrela, colocarem uma cruz,
confirmando o teu regresso à escuridão —,
o nome, que lhe demos, jamais deixará de
ser a cicatriz primeira de teu destino.

Como toda história, não sei aonde a tua vai dar, se vamos passear pelo parque nas manhãs de domingo, se andaremos juntos por rudes paragens, se tu serás silenciosa, como a tua mãe, se terás febre por longas noites, se o sol ou a tempestade será teu primeiro alumbramento, se cairás incontáveis vezes até te arvorares sobre as duas pernas, — não sei, Bia, qual será a tua cor preferida, não sei quantas bolhas terão teus pés depois de te arrastares por essas ruas de piche, quantas rugas arrasarão o teu rosto toda vez que a realidade violentar a tua inocência, — eu não sei,

Bia, qual é o teu ascendente zodiacal, nem a tua pedra no jogo das runas, eu não sei se vais gostar de agrião como o meu pai, não sei se será prazerosa ou dolorida ou traumática a tua primeira transa, não sei tanta coisa de ti, Bia, e nem saberei, não apenas pelo tempo, estreito, que vamos conviver, mas porque há coisas que nunca saberemos de nós mesmos, muito menos dos outros, e há coisas que não devemos saber, para que nos doam menos —
eu não sei, Bia, quantas vezes vão te espremer o nariz no vidro blindado da verdade, não sei o quanto o teu coração suportará as flechas românticas, — não sei, Bia, embora saiba tantas coisas, eu não sei se o cisco em teu olhar vai te impedir de ver a arquitetura do destino, se o tempo vai se abrir, como uma gaveta, pra te mostrar o que existe na fenda entre o dia e a noite, se as membranas do passado se desfolharão pra que te reencontres comigo nos eventos que vamos viver, não sei se o tempo que se deposita nas coisas feito pó permitirá que o recuperes na campa funda de tuas expe-

riências, — não sei, Bia, quase nada de ti, mas sei que somente o silêncio pode cortar a língua das palavras; sei que muito se fala da morte das estrelas, já apagadas quando sua luz chega até nós, mas ninguém nos lembra que há outras estrelas em gestação, — a vida, contra a própria vida, se ergue do nada, a vida, eu sei, rasga com seus galhos espinhentos a paisagem de seda, e eu, ainda que não saiba o quão fundo o capim-cidreira vai cortar a palma da tua mão quando alisares suas touceiras, eu sei o quanto um lápis, mesmo com seu grafite quebradiço, é capaz de obrar milagres contra a vontade do mundo, e, justo porque não sei se tu serás áspera como lixas de aço no trato com as tuas veleidades, eu te digo, Bia, — o tempo, que, pacientemente, te trouxe aqui, começou a contagem regressiva, o tempo é este alicate, o tempo puxa o fio da vida, estica-o, corta, emenda, torce, o tempo, Bia, vai te violar de mansinho, a ponto de nem perceber, senão quando, diante do espelho te espantar com o desenho perverso que, sorrateiro, ele moldou em teu corpo, o tempo é o inquilino que mora em cada uma de tuas células, e, como todo inquilino, ali se aloja pra gastar as tuas paredes, sorver o teu oxigênio e recolher em vasilhas, como se fosse goteira, o sol que entra pra te avivar, — é o tempo, Bia, que vai te levar à porta da rua, e basta abri-la para tudo que é estranho se entranhar em tua alma, como um prego enferrujado num osso, um caco de vidro na base do pé, — eu só sei, Bia, que a minha história talvez termine quando a tua estiver ao meio, — eu não sei um universo inteiro de coisas, não sei e nem terei tempo de aprender — e eu queria tanto aprender a tocar um instrumento! —, eu ignoro imensidões, que não cabem em minhas vivências, eu sei que há minas colossais de sabedoria, que uma pepita extraída delas me ensinaria mil maneiras de perdoar a mim mesmo e aos meus semelhantes, eu sei que a jornada dói mesmo nas estações floridas, eu sei que quase ninguém se melhora nesta jornada, Bia, as garras nunca param de cres-

cer em nossas mãos e em nossos pés, apenas se tornam fracas e inofensivas, —
mas, por tudo isso que desconheço, eu sei que não vão poupar a tua gengiva na hora de arrancar os dentes, não vão economizar saliva pra inundar de críticas as tuas conquistas, não economizarão mordaças pra amarrar a boca das palavras no teu silêncio, eu sei que as noites estreladas, se lindas e inesquecíveis, podem cegar as tuas lembranças, eu sei que certos sonhos têm a consistência dos rochedos, eu sei que o dardo dos gritos quase nunca atinge o alvo, — e há outras fomes que não se comem com garfo e faca, e há carícias que nos sugam mais que solos movediços, e tudo se apaga quando o medo não consegue dormir, Bia, e tudo se acalma quando cessa o torvelinho dos pensamentos, e tudo se ilumina quando temos a manhã em nosso corpo, e a âncora do perdão nunca mais se solta da consciência, e as ideias gagas por vezes nos salvam dos abismos, e os sonhos soluçantes nos mudam os olhos, e o azar quase sempre paga o preço

da sorte, os desejos se rasgam tão facilmente como papelão e, igual às flores, as alegrias também apodrecem no dia seguinte, e o cortejo de aflições segue em fila dupla, de um lado as dores, do outro a sua sombra, e é com a ponta dos dedos, não com o nariz, Bia, que se fareja a história de fracassos na pele do outro, e quem começa qualquer empreitada com receio se fecha para o destino, — e eu só sei, Bia, que, em breve, não estaremos mais aqui, e, enquanto estivermos, eu quero, humildemente, te ensinar umas artes que aprendi, colher a miudeza de cada instante, como se colhe o arroz nos campos, cozinhá-la em fogo brando, e, depois, fazer com ela um banquete.

Eu ia te ensinar como desviar das trilhas tortas que vão se colar na sola de tuas sandálias, e como te manter em calmaria quando os ventos acusatórios te açoitarem, — eu ia te ensinar a fugir das circunstâncias que nos arrastam aos abismos, ia te treinar a distinguir os diferentes verdes da paisagem, — eu ia te explicar por que a chuva lavra a pele do solo e revolve as profundezas, eu ia te ensinar a aceitar as vicissitudes como aceitamos a curvatura dos planaltos, o curso sinuoso dos rios, a consistência do ferro e a sua vocação pra ferrugem, eu ia te exortar a defender uma causa perdida e a ela te entregar, ia te exercitar com as ferramentas que a verdade nos dá quando o motor da fé engasga, eu ia te mostrar que o invólucro das palavras pode ser mais doce que a sua gema, eu ia te mostrar com quais pedras e gravetos se faz um ninho, ia te treinar a desfazer o nó que invariavelmente cega as nossas ideias, eu ia provar, com mil exemplos, que se pode inventar metáforas em cores a partir de clichês cinzentos, e, em movimento oposto, eu não ia aplaudir o brilho do tecido se o que te agasalha é o forro, eu não ia te receitar fórmulas pra apaziguar tuas inquietações — eu só acredito no antídoto que, reagindo com a nossa química, é rebento do próprio veneno —, eu não ia falar em pétalas se o momento exigisse espinhos, não, Bia, eu não ia, jamais, te emprestar, se me fosse dada a prerrogativa do não, a minha miopia, pra que não visses no grão o grandioso, no cão o lobo, no lume a lama, eu não ia te dar copos pra recolher rios e mares, nem consentir que pegasses o meu atalho pois a tua senda está na planta de teus pés, — mas eu ia te ensinar a sentir, pelo toque, a temperatura da argila, pra que conhecesses a matéria volátil com que é feita a nossa existência, eu ia te ensinar que certas ramas se entortam porque seguem o prumo das nuvens, eu ia degustar contigo o sumo dos imprevistos, eu ia, filha, revelar por inteiro o meu molde bruto, de granito lírico, e eu ia, nos dias rústicos, deitar o ouvido à terra de teu peito pra localizar os teus sismos (porque o coração é sempre a carne em vertigem), — eu ia, à mesa, apontar sobre a toalha de domingo o valor do farelo, eu ia te ensinar a ser paciente com o tempo, venerá-lo pela sua indiferença ante o orgulho e o sofrimento humano, porque sob o jugo dele todos os caminhos levam ao fim, todos os rumos (mesmo os mais belos), à ruína, — eu ia, em noites brumosas, Bia, evocar a ternura dos encontros familiares, a alegria das rodas de conversa, o fascínio das histórias antigas, eu ia adubar as flores no jardim de casa enquanto tu, de cócoras, ao meu lado, observarias, curiosa, o meu desvelo, e pra que me conhecesses, como a um pai se deve conhecer, — eu ia te dizer num instante qualquer, na cozinha, numa tarde de sábado, eu ia te dizer, com uma delicadeza feroz, que é pelo caminho de dentro que a larva alcança o voo, que a madeira estala furiosa ao fogo se a lambuzam de verniz, — eu ia te aconselhar a não resistir à ordem das estações, porque dentro de cada uma as outras também estão operando, — eu ia te ensinar por que se vê retirantes nos poentes, e por que não há hora certa pra inserir morte na paisagem, e por que aquele que sulca a terra e a rasga com uma artéria d'água para irrigar a lavoura merece a reverência do sol e o respeito da chuva, eu ia te ensinar, Bia, por que, subitamente, a linguagem frutifica, vazando primavera por todos os poros, por que é mais digno se molhar no sangue do presente do que no pó dourado do passado, — eu ia te ensinar por que de não em não o tempo se sacia de nós, o tempo nos nega os desejos e nos avilta os sonhos, por que não existe a terra prometida senão em nós, e porque ela está cercada de continentes barrentos e istmos movediços, — eu ia te levar pra passear nos bosques que o meu imaginário esculpe, eu ia te ensinar a podar os ramos mais altos das árvores, porque se é preciso aprender a plantá-las é igualmente vital que se saiba apará-las, — se eu pudesse, Bia, eu ia te ensinar tudo isso e muito, muito mais, eu ia até te contar baixinho, — eu ia te contar o segredo do universo como quem sussurra uma canção de ninar, mas eu não posso, filha, eu só posso te garantir, agora que chegaste, a certeza da despedida.

Mas, por enquanto, aqui estamos, Bia, e é com essa certeza de existir que seguimos sob a ordem dos dias, e, assim, logo iremos pra casa e, já que tu entraste num certo ponto do mundo, trecho talvez final da minha jornada, vais ouvir falar de gente que te antecedeu, e com quem nunca poderás conviver, uns nomes bonitos e sonoros, Mateus, André, João, Sara, Luíza, Tiago, Marisa, e, então, eu vou te apresentar a eles, porque haverá, certamente, algo de um e de outro na cor de teus cabelos, no teu jeito de sentir a pele das horas, na constituição de tuas glândulas e no enredo de teus sonhos. Eu não sou de cultivar imagens, mas eis aqui, nesta caixa de papelão, umas fotografias — as da família de tua mãe, veja a diferença, estão em pequenos álbuns, organizadas por data, com legendas e comentários —, e também há uns vídeos, poucos, sim, eu nunca fui de arquivar momentos em estantes, estão todos aqui, na memória, à espera do imprevisível para retornarem, e, mal acabo de abrir a caixa, eis a primeira delas, vês?, este é o teu avô comigo, eu ainda menino, o teu avô André, homem maior, pena que nunca verás os olhos verdes dele — doía a gente mirar, tão bonitas eram aquelas esmeraldas vivas! —, e aquelas mãos vincadas de histórias, que muitas terras lavoradas deveriam agradecer, o teu avô sabia aprumar as sementes, nutrir as plantas com a justa medida de água e sol, recolher, sempre zeloso, os frutos sadios das árvores, as mãos dele viviam cheias de entrega, não cabia mais nelas tanta oferenda, uma pena que não podes ver, atrás desse tom sépia, a intensidade da vida vinda do chão onde ele pisava, humilde, veja que, entre tantas fotos, foi esta, de teu avô André, que saltou primeiro à nossa vista, embora não importe a sequência de cartas para o destino de um baralho, aqui, Bia, nesta caixa, jaz um tanto do que tu és e outro tanto do que serás. — Este teu avô veio de Granada, ainda criança, com o pai e a mãe fugitivos do franquismo, camponeses que, por acaso, foram encaminhados a fazendas de café no interior de São Paulo, onde continuaram cortando as mãos em folhas de capim, em cabos de foices e de enxadas, em terreiros de grãos, e, anos depois, quando foram viver na pequena cidade onde nasci, foi a vez de gastá-las na lavagem de louças e panelas, no restaurante de onde tiravam a renda pra nossa educação, e entre essas tarefas, laceraram-nas em colheres de pedreiro, tijolos, martelos, ripas de madeira e serrotes para erguer a casa, que meus pais, eles mesmos, construíram e moraram até o fim, aqui deve ter uma foto dele lá comigo e com a minha irmã no quintal às brincadeiras, se bem me lembro, era um dia ensolarado, o pé de romã que minha avó Sara havia plantado anos antes todo florido, o ventre das frutas aberto, deixando entrever os grânulos de um vermelho intenso, um dia que era só sol, sol, sol, e eu nem imaginava que seria o professor que, em parte, me tornei, e em parte, o mundo, à sua maneira, me torneou, eu diferente de qualquer outro, embora até às tampas das dúvidas de todo homem, a vida vingava, forte, e bastava a agulha no músculo com uma substância nociva, a delicada membrana de uma artéria vital se romper pra tudo se esvair. Olha só, esta é a tua tia Marisa, minha irmã, veja o laço enorme de fita azul nos cabelos dela, era moda naquele tempo, era a festa de quinze anos dela, à direita o meu pai, à esquerda a minha mãe, tua avó Luíza, ela iria te querer muito, Bia, iria te mimar, como o fez nos poucos anos que conviveu com o teu irmão, Mateus, a tua avó Luíza amava crianças, se o teu avô não erguesse com as palavras muralhas entre ela e nós, seus filhos, ela teria nos asfixiado com seus afagos, talvez porque tenha sido tão difícil pra ela trazer a mim e a tua tia à vida, só dois filhos, enquanto, à época, os casais tinham sete, oito, nove, se eram muitas as bocas a nutrir, também era o dobro de braços pra ajudar no eito, o dobro de pernas pra perseguir a sorte, talvez por ter gerado tão pouco, a tua avó Luíza se exagerava em nós, o que pra outras mães havia sido fonte borbulhante pra ela foram gotas silenciosas, o que pra outras, seiva espessa, pra ela, fluido frágil, o que às outras chegara farto, a ela faltara, a tua avó era do tato, gostava de tocar, como se o corpo do outro lhe desse a segurança de que estava viva, de que o amor seguia seu andamento, como se a pele da gente, e mesmo dos objetos que ela apanhava, fosse o ancoradouro de que precisava pra se sentir inteira; bem diferente de teu avô André, que era da fala, o teu avô, era fácil perceber, gostava de decantar as palavras — ele quem me ensinou que elas, as palavras, servem pra abrir e fechar; se bem combinadas, estreitam latifúndios e alargam veredas —, o teu avô as degustava como a um vinho, antes de pronunciá-las, ele as inundava com saliva, quando não as besuntava de silêncio, e era por isso, certamente, igual se azeita uma fechadura, que as palavras dele nos abriam sorrisos, nos abriam os olhos, nos devassavam a memória de fora a fora, e era justamente por essa habilidade, que, na via contrária, não raras vezes, as suas palavras nos fechavam a boca, nos encarceravam no espanto, zipavam a nossa ingenuidade, — veja, Bia, nesta foto mesmo, os lábios dele estão levemente separados, como se tivesse dito algo segundos antes do flash espocar, um comentário que, não obstante inapreensível pelo fotógrafo, havia guiado a foto, levando-a a ser o que ela era, registro perene de um momento e não de outro, e a tua avó Luíza, veja como está enlaçada à tua tia Marisa, um corpo a pedir a solidez do outro; esta foto revela cada um de nós, o teu avô André e as palavras, a tua avó Luíza e a sua ânsia pelo contato; o tempo todo, em qualquer gesto, estamos dizendo quem somos, Bia, mesmo aquilo que só roçamos é capaz de nos retratar, plenamente; — a tua bisavó Sara, que lia a mão das pessoas, era versada noutras leituras, dizia que era possível, no escuro do quarto, saber pela respiração a qualidade do nosso sono, se bom ou mau, ela podia adivinhar até com quem sonhávamos, *posso ler o seu sonho como se lê uma história*, ela dizia, a voz cheia de velhice, já com ecos do outro lado, igual ao cheiro, que recendia a caules em deterioração, a pele pedia o retorno à terra, a tua bisavó Sara, deve ter alguma foto dela no fundo desta caixa, despertava cedo, mas demorava pra amanhecer, é o que me lembro, porque eu só a conheci nos seus últimos anos, o sol já ia alto no céu, mas o dia ainda não tinha nascido nela, a gente percebia, a bisavó Sara na varanda; foi com ela, Bia, que eu aprendi a captar a hora da despedida, com ela eu descobri que a gente se agarra até mesmo a fiapos de vida, quando não ao seu próprio bagaço, o restolho mais macerado ainda guarda algum sumo, no ato consumado resta um nada a ser extraído, a tua bisavó Sara dizia com seus gestos, à mesa ou na cadeira de balanço, *estou indo embora*, a tua bisavó Sara escrevia nas folhas do silêncio, *estou indo em paz*, a tua bisavó Sara me dizia com aqueles olhos mouros, *não se preocupe, a vida te prepara pra morrer*; — e eis aqui, de novo, Bia, o teu avô André, agora sorrindo, não sei direito onde ele está, talvez no adro da igreja, talvez seja a primeira comunhão do meu primo Tiago, naquele tempo só as festas mereciam registro, não era como hoje que se fotografa qualquer instante, há quem viva, inclusive, a retratar a si mesmo a toda hora, como a um pomo de ouro, há quem, diante de uma paisagem grandiosa, prefira capturá-la mais no monitor do que na alma; — sim, Bia, havia umas poucas festas, um calendário despojado de cerimônias — verás que não é preciso mais que tábuas fortes pra se fazer uma cumeeira —, mas cada uma delas era um rito, um sulco fundo na nossa memória, porque na família, teu bisavô João quem iniciou essa tradição, tanto quanto era lei fortalecer o sentimento do dever, também o era o dever de celebrar, sábio e piedoso era o Deus que inventara os encontros festivos, a Ele devíamos louvar e venerar com lautas homenagens, porque no refluir das horas as chagas cessavam de arder, os medos, de germinar, os crimes (imaginados) murchavam, as apreensões (reais) adormeciam, tão logo as festas terminavam, a alegria retornava a pingar, sua torneira a fechar — e, agora, quase não mais festejamos, não fosse a tua mãe cultivar novos cachos dessa tradição, ela, alegremente, promovendo, no improviso, umas reuniões modestas em iguarias e faianças se comparadas às mesas de teu bisavô João, a tua mãe, inábil pra encilhar vaidades e cavalgá-las, com as mãos nascidas só pra servir, a tua mãe, veja ela aqui, não na foto em si — tirada há dois anos, na qual eu estou sozinho, na formatura de uns alunos —, mas em mim, veja, ela já estava nos meus olhos; a tua mãe, Bia, se esmera tanto pra unir pessoas ao redor de umas fatias de pão e uma garrafa de vinho, e ela mal se vale desse usufruto, a tua mãe é um motivo mais que perfeito pra festejarmos, em qualquer data, o efeito de bálsamo dela em nosso cotidiano; sim, depois, quando tiver forças, ela te mostrará os parentes do outro lado, com mais vagar e ternura, te apontando aqueles que fizeram cortes na terra e aqueles que se machucaram de cidades, e, sobretudo os que estão vivos, por sorte a maioria, e quais provavelmente terão maior influência no teu destino, não sendo apenas garatujas, mas textos inteiros no teu diário de presença; e eis aqui, Bia, uma foto de teu irmão, vestido de Batman, veja, ao fundo, a luz solar, tão fúlgida, o teu irmão, aos sete anos, num daqueles momentos em que uma vida, então de extraordinárias descobertas — no futuro inteiramente de suspeitas —, atinge o último céu, sem perceber a tempestade se armando atrás de si, o teu irmão na graça de um instante, a provar este gosto infinito, que às vezes ainda me convulsiona, este gosto infinito de viver; — e eis a tua avó Luíza de novo, neste retrato ela nem sabia que gerava uma doença e crepusculava, e veja o teu avô André nesta foto três por quatro e, nesta maior, a tua tia Marisa novamente, agora acompanhada deste rapaz, se não me engano, um namorado dela, e o primo Tiago de mãos dadas com o tio Frederico, — eis aí, Bia, os teus-meus parentes, eles estão nesta caixa, embaralhados em imagens de papel, pra que tu lhes dês outra vez um rosto, se, um dia, quiseres a eles conceder a ressurreição.

E, já que aqui estamos, Bia, vamos viver juntos o teu período de levezas, pois então eu poderei inflar em teu juízo o ar das brincadeiras, e te colocar sobre meus ombros, pra que tenhas, como toda criança, a ilusão de que alcançarás com as tuas mãos as estrelas, vamos viver essa era que dói pela sua brevidade e pelo encanto das coisas simples, e quem sabe, Bia, tenhamos a sorte, tão comum à maioria dos pais e filhos (eu já a tive com teu irmão), de nos abandonarmos às tardes de preguiça, de nos esquecermos, hora após hora, na modorra dos dias cálidos, e que possamos num feriado qualquer montar juntos um imenso quebra-cabeça de mil peças — pra que, sem te dares conta, comeces a entender o quanto somos feitos de fragmentos, o quanto somos desinteirados de nós mesmos —, e, depois, possamos sair ao sol certos de que, vistos pelo destino como figuras furta-cor, nós o enganamos, ao menos por um tempo; e já que aqui estamos, quem sabe possamos ir a um desses parques da cidade, um próximo à nossa casa, e ao qual chegaremos caminhando, e, ao entrar lá, tu queiras andar num pedalinho em forma de cisne, e a tua mãe esteja conosco, o rosto fulgurante de gratidão à vida, como quando ela sorri, de repente, abrindo o seu território íntimo, e nós três nos afundemos nessa diversão, sob a sombra fresca de um ipê, e, então, desfrutemos, calmamente, da vista verde dos arbustos, das folhagens à margem da lagoa, e conversemos sobre o mundo ao redor e o fato de estarmos ali, sem percebermos a densidade de nossa própria presença; e depois, Bia, talvez queiras correr atrás das pombas, ou sejas atraída aos quiosques pelo cheiro de cachorro-quente e de pipoca, e, então, acriançaremos novamente; e, como se num surto de calmaria, ficaremos ali, a viver com os pés fundos no momento, gratos pelo céu azul sobre nossas cabeças, e pra ele apontando o dedo, de súbito, *olha, filha, um avião!*, deitados sobre a relva a farejar o aroma das ervas; sim, Bia, há tantas formas de divertimento, de capturarmos, num flagrante fotográfico, o movimento da eternidade no instante em que ele passa por nós, a tua mãe, por exemplo, poderia te colocar sobre as minhas costas, e eu te levaria por uma estrada frondosa, nascida, de repente, das paredes da sala, e eu trotaria por ela, garboso, e os meus solavancos te levariam a gargalhar e, por instinto, para não caíres, me puxar com força as crinas curtas — estes cabelos, já escassos e alvos —; ou eis que estamos, os três, esparramados na cerâmica fria da varanda, numa tarde de verão, com lápis de cor te incentivando a fazer e a colorir garranchos numa tira de papel, casa, árvore, sol, pai, mãe, na esperança de remover das coisas seus toscos contornos, a casa (com a chaminé a soltar um fiapo de fumaça), a árvore (com flores vermelhas), o sol (círculo amarelo rodeado de riscos), eu (e uma suja barba na face), tua mãe (e os compridos braços dela, que me receberam, com a leveza de plumas, como se em preparativo pra te acolher depois); — e seja sobre o selim de uma bicicleta, seja diante da tela de um computador imantados a um game, seja num jogo de cartas, *quem pegou o mico?*, seja queimada, passa-anel, esconde-esconde, seja qual for a brincadeira em que estejamos absortos, no chão da sala, nós, de repente, debulhando letras e tirando a casca das palavras, sem perceber a nascente de uma escrita silenciosa em nossas mãos, seja o que estivermos fazendo, Bia, devemos fazê-lo com a paciência daqueles eleitos, mas nunca chamados; — e já que aqui estamos, quem sabe possamos aprender com as aves a conter no corpo o horizonte, desdobrar os braços para quando for preciso rasgar a terra ou desventrar um animal, e já que aqui estamos, Bia, venha, vou misturar a minha vida à tua, vou te ninar com canções imemoriais nesta noite e em muitas outras, vou tentar não me desesperar com o teu choro, quando tua mãe adormecer, exausta, vou inventar uma senha para acessarmos o riso juntos, e vou me repovoar de perdão, sim, vou me repovoar de perdão, Bia; e já que aqui estamos, vou tentar também ser menos quebrável aos golpes do mundo, vou cuidar, enquanto puder, das assaduras de tua pele nova, vou te insuflar o ar da compaixão — porque, às vezes tristes, às vezes alegres, somos sempre solitários —; e já que aqui estamos, vou te mostrar como reconhecer no canto dos pássaros a sagração da primavera, se uma colônia letal de bactérias me poupar, se um motorista embriagado não atravessar a minha frente, se uma lâmina não me rasgar a jugular, quero continuar, Bia, a contar esta história pra ti; vais demorar anos pra entender o que eu te digo, terás de passar por milhares de dias e tuas células terão de se reproduzir incontáveis vezes, mas, já que estás aqui, no meu colo, fiquemos em silêncio, embalados pela paz deste momento, alheios à (invisível, mas não despercebida) brutalidade do fim.

A tua história, Bia, é o bem mais precioso que tens, ainda que não venha a ser grandiosa, é a tua história que te dará a medida de estar no mundo, ela é que exorbita ou reduz o teu valor perante ti mesma e perante a misteriosa avaliação dos outros — não há como te esterilizar do passado (que veio de mim e de tua mãe e já se aderiu ao teu espírito feito solda), qualquer história, enquanto se desdobra, é um reino de possibilidades, uma história, quando a escrevemos, delineia aquilo que poderia ser, nunca o que foi nem o que é, porque a memória (o passado) só se revigora se a formulamos de novo (no presente), retocando a luz de sua trama com o grafite das trevas, a tua história, Bia, há de ser mais uma cicatriz que se somará a outras nas páginas de rosto da nossa família, e eu te louvo, filha, por aqui estar, fio de água, no broto de tua nascente, pra cumprir o teu curso, e eu te peço perdão, outra vez, por não poder te poupar das chagas que te esperam lá na frente, nem ter o unguento que amenizará a ausência, seja a minha, seja a de quem um dia te abandonar, eu não posso te dizer o contrário, que é possível a gente se curar dos outros — eu, nem de mim, até hoje, me curei —, e é justo, embora seja precoce pra teu entendimento, deixar claro que é um erro qualquer tentativa de esconder a verdade, ninguém sabe, filha, se o que bebe é água ou vinho, se só um deles provou, e, mesmo assim, há quem soube (e continuará sabendo) transformar um em outro, há quem consiga andar displicente sobre ondas em fúria, há quem consiga serenar a plateia com relatos desesperados; o limão, Bia, nunca brotará em laranjeira, a árvore sabe quanta doçura, quanto amargor, doa a cada um de seus frutos; eu sou o pai que a vida te deu, e esta, que te toma nos braços agora, que tenta, sem jeito, te dar o mamilo pra sugares o teu primeiro alimento do lado de cá, é a mãe que a vida te reservou, a dádiva (ou a dor) que cabe carregar em teu ser, mas, como a tua história está em botão, enquanto ela se abre, devagar, poderás te dar um pai e uma mãe, fora de ti, melhor ou pior do que somos, porque aquilo que a vida nos dá não é o que nos determina, apenas o que nos inicia, o que nós mesmos nos damos, no empuxo de viver nossos instantes, é o que pode virar esse jogo; mesmo que empunhe com ímpeto a caneta pra impor a tua escritura, tu não a farás só, Bia, o destino segurará a tua mão, como um mestre, não há caminhos que o mal não conheça, é o alvo que se compadece da bala perdida e conserta a sua rota, atraindo-a para o próprio coração; por isso é que ouvir a história do outro nos alivia (ilusoriamente) o ardor da ferida, como sopro curativo, desligamos de súbito a consciência, por isso é que contamos histórias aos filhos, a fim de adormecê-los, por isso eu te conto, Bia, esta primeira história: — era uma vez uma princesa, era uma vez uma bruxa, era uma vez um gato, assim eu gostaria de começar, mas eu só sei mexer com a tinta fresca da verdade, eu só posso começar assim, filha, era uma vez um homem, era uma vez uma mulher, era uma vez os teus pais, e o que vem adiante tem a mesma espessura de todas as outras histórias, porque os grãos sobre a mesa em nada diferem um do outro, só variam os detalhes, onde há um sorriso agora se tem um ricto, a catedral se transformou em ermida, o faminto virou pródigo, são os detalhes, filha, que dão a luz ao dia esmaecido, e o detalhe, Bia, em teu (nosso) caso, é que um broto irrompeu deste lenho velho em contato com a terra, e, nele, a primavera germina, impiedosa, com todo o seu vigor.

Registro aqui, Bia, que hoje saíste da maternidade e vieste pra casa, agora estás no quarto que fizemos pra ti, tua mãe escolheu os motivos florais do papel de parede, o móbile de borboletas, o berço onde te deitamos pela primeira vez. ▬

Fico te mirando porque tu és o elemento vivo que a realidade me entrega neste instante, o teu corpo frágil, encoberto por tantas camadas de roupas — deverás sentir o frio e o calor com a mesma resignação! —, o teu corpo frágil é uma âncora pros meus olhos cheios de águas turvas, e pro meu pensamento à deriva em meio às aflições, nem distingo entre as sombras os teus traços, embora minha memória desenhe a curva de teu nariz, de teus lábios, de teu queixo, e esse é um método que aprendi ainda menino, desenhar com a imaginação o retrato das pessoas queridas e ausentes, porque nada é capaz de reacender alguém em nós mais rapidamente do que a vida experimentada à mesma hora; fico te mirando em silêncio, sem nenhuma expectativa de que despertes e sorrias pra mim, como se reconhecesses neste vulto vergado sobre o teu berço alguém que te ama, eu apenas te miro porque o tempo, com seu manejo secreto, me trouxe até aqui, depois de ter atravessado a mares tempestuosos — a tua mãe quem serenou as minhas ondas desgovernadas —, eu te miro em silêncio, ciente da natureza justa das coisas; eu me sinto, Bia, como naqueles tempos, menino entre meninos, descalço e sem camisa, jogando futebol num campinho improvisado, esquecido dos deveres, e que, de repente, se dá conta de que a noite desceu, tão mansa que nem notou, pois o aroma das árvores no escuro se intensificou, o vento veio refrescar os rostos em fogo, assim, Bia, é que percebemos o abrir das flores, há um minuto estavam fechadas, e, eis que agora, revelam a sua intimidade, eis que a tarde, então, começa a cair como uma folha, é nesse mínimo tempo, Bia, que tudo se dá pra se ver e rever, e há quem não verá senão a própria sombra, e, mesmo os dotados de ampla visão, serão incapazes de capturar o todo num lance de olhos, é por meio dessas frestas, enevoadas, que espiamos o universo; então, eu te miro em silêncio, apenas um pai que chega do trabalho e assiste na obscuridade de um quarto o sono de sua filha, que captura a vida sendo gasta de forma desigual — rápida pra mim, vagarosa pra ti; eu te miro em silêncio, que em mim abafa recordações, eu retiro de meu olhar tudo o que não é o teu pequeno corpo, envolvido nessas mantas perfumadas, eu viro a chave da impaciência dentro de mim, eu pinço esta cena do universo, como se pudesse extrair dele um fragmento só pro meu deleite; — eu te miro, Bia, em silêncio, e, agora, que tua mãe também entra neste quarto e se põe do outro lado de teu berço, somos dois, um mais apto a fazer da árvore caibros, outro a tirar dela os ramos para muda, somos dois, um pai que talvez não saiba erguer a ponte entre o mundo e a tua compreensão, filha, uma mãe, cujo ventre tu rompeste em perigo, que, não obstante tenha desejado tanto a tua vinda, arriscou-se à perda dupla, passando uma gravidez entre dias de sobreaviso; — eis aqui o teu dote, Bia, as companhias que te deram pra que não começasses a trilhar tão sozinha a tua via; — eis nós dois, ao teu redor, nem te vigiando, nem te velando, apenas te vendo viver, como nós mesmos o fazemos; — eis os braços, únicos, que podem te acolher e recolher sem nenhuma exigência em troca, eis o teu pai e a tua mãe, Bia, um de cada lado de teu berço, em torno do qual não há reis magos com prendas e mimos, nem o hálito de animais (uma vaca, um burro, um carneiro) pra te aquecer, eis um espaço de tijolo, cimento e cal, que não se assemelha a nenhuma manjedoura, eis os objetos de teu quarto, um criado-mudo, um abajur, uns brinquedos, e o lençol, que não cheira como capim verde nem como restilo de cana, sobre o qual te pusemos pra dormir, as mãozinhas fechadas, tentando prender o mundo; — e, pela janela, Bia, não vejo lá no horizonte nenhuma estrela, eu vejo um nevoeiro que se esgarça, deixando à mostra a noite a mover os seus ponteiros; é isso que somos neste quarto, filha, um quadro onde a vida, aparentemente estática, se esbate senão com desespero, com a fúria de ser o que ela é — rosa que, a um só tempo, brota e se deteriora —; é pra enrubescer a nossa face que o sangue corre, Bia, o presente, valoroso, só vem à tona, se temos coragem de mergulhar na ninharia do instante.

As primeiras visitas que tu recebes já estão no esquecimento, assim é o vai-vém das pessoas em nossa vida, e, enquanto te passam de mão em mão, o tempo vai ajustando a tua expressão, Bia, fechando pra sempre a tua moleira, atingindo a cor definitiva de teus olhos e de teus cabelos; o tempo já cavouca profundezas naquilo que é só superfície, por isso, Bia, não tardará pra que comeces a distinguir, pela palavra, objeto, ou coisa, ou gente, o que está diante de ti, pai, mãe, pai-mãe, pai e pai, mãe e mãe e mãe, brinquedo, boneca, boneca-brinquedo, a palavra, aos poucos, nomeando, como Adão o fez, o que antes era apenas visto, o que se atinha ao inominável, a palavra incendiando, com seu signo-fogo, sua fala-faísca, a folha ressecada da verdade, — a palavra é que põe o som na cítara, a suavidade na seda, a palavra, filha, engravida o solo árido, irriga a boca de saliva, embora ela, só ela, a palavra, nada signifique se solitária, tanto quanto nós, ela só move mundos se outras a acompanham, uma conta colorida ganha um tom inesperado se outras, uma de cada lado, são acrescidas ao fio do colar, — mas a palavra, Bia, chegará o tempo em que tu entenderás, também pode dizer o que ela mesmo cala, e afirmar o que literalmente nega, — sob a superfície das palavras, encadeadas em série num comentário, os sentidos são arrastados como troncos num rio, engolfam-se, turvam, e por vezes, em milagre, reluzem, basta ouvir o que dizem as visitas sobre ti, *é tão linda* (o teu rosto, mal traçado, não se desenformou ainda do ventre de tua mãe), *parece com o pai quando era garoto* (não lembro de minhas antigas feições; e, estas, de agora, quase nem me reconheço nelas), *posso pegá-la um pouquinho?* (queria ter uma filha assim!), — porque as palavras dizem também outras coisas quando enunciam o que enunciam, Bia, — "eu te amo" nem sempre é um incêndio, infinitas vezes é monotonia, o que vai do coração à língua perde muito de sua seiva no caminho, como a água é menos água entre o copo e a boca, o mel é menos mel no percurso do pólen ao favo; — mas, se falta algo pra se compreender a palavra dita, algo que ela mesma evita, tu precisas prestar atenção, Bia, a mudez guarda em suas funduras o mundo inteiro, assim como a palavra "mundo" contém a sua cota de silêncio, o teu choro, por exemplo, depois de peregrinares de colo em colo, talvez diga, *quero estar só, comigo*, ou, *mãe, me acolhe em seus braços*; — mas, aos poucos, todos irão embora, e não me refiro apenas a este dia, e, sim, a todas as outras estações de tua vida, as pessoas hão de se aproximar, dóceis ou ameaçadoras, às vezes pra te inquietar, às vezes pra te serenar, e, em ambas situações, podem até, por preguiça ou estratégia, nem se valer das palavras, uma mulher calada à tua frente pode ser um grito, o olhar manso de um velho pode te sussurrar mil imundícies, as pessoas, porque a si não se bastam, vêm nos assuntar, Bia, cheirar os nossos cabelos, percorrer as nossas dobras, desenhar-nos com a ponta da língua, e, depois, a favor ou contra a própria vontade, se vão, invariavelmente;

veja, mal se passaram duas horas e quase não há mais ninguém aqui, só restaram nós, tua avó Helena está na cozinha com tua mãe, preparando o almoço, teu avô Carlos lê o jornal, teu irmão vê um programa esportivo na tevê, tua tia Marisa te vigia, ao meu lado, e diz a mim, *eu fico com ela, pode cuidar de suas coisas*, e eu lembro quando éramos crianças, dividíamos eu e ela o mesmo quarto e, uma noite, o silêncio tão sufocante, de repente, me assustei, *Marisa, tô ouvindo o meu coração!*, e ela, *É assim mesmo, tenta dormir!*, e eu, *Mas tá batendo muito forte!*, *Não é nada, é só o silêncio, Marisa, e se eu parar de ouvir o meu coração?*, e ela, *Isso não vai acontecer*, e eu, *Não? Tem certeza, Marisa?*, *Tenho, agora, vê se dorme!*, e eu me inclino sobre teu peito, Bia, pra ouvir aí o ruído da vida, ninguém pode ouvir a última batida do próprio coração, só a dos outros, aprendi naquela noite com ela, embora tenha demorado até agora pra me dar conta de tal lição, e esta nossa impossibilidade, Bia, de fazer coincidir o que somos com o que seremos, o minuto-pré com o minuto-pós, resume e diz tudo, absolutamente tudo, sobre a nossa condição.

E foi que hoje, revirando o armário à procura de um documento, dei, inesperadamente, entre as lembranças que povoam as gavetas, com um pertence de teu bisavô João, o relógio de bolso que ele usou a vida inteira e legou ao meu pai, e o meu pai a mim, dizendo um dia, *toma, é seu, por obrigação e por justiça*, e eu, eu sabia que, sob a égide daquele tique-taque, o tempo rugia, movendo, como o vento no temporal, os galhos todos de nossa árvore genealógica, e, mesmo quando deixou de ir colado ao meu corpo, continuava a marcar não só as horas mortas, mas também os nossos vívidos mandamentos, e na surpresa de reencontrar este objeto, lembrei-me das coisas ao teu redor, ao alcance de teus lábios, veja aqui o chocalho, tão perto de teus dedos, e ali a fronha perfumada de teu travesseiro, os bichos de pelúcia, o babador, os teus sapatinhos de lã, a janela, os lenços de papel, os meus óculos (tu, tateando-os, desajeitada, só te aquietas depois de retirá-los, como se, assim, pudesses me livrar da miopia), e logo será o tempo dos lápis de cor, dos brinquedos eletrônicos, do garfo e faca — e haverá o tempo do espelho (a era em que amarás estar diante dele, e a era em que o odiarás), o tempo das flores, das joias, das drogas, os objetos o tempo todo, Bia, circulando pelas voltas do teu caminho, o bisturi e o fio de sutura, o copo de cristal e a caneca de lata, o porta-retratos e a foto-ferida, — os objetos te apresentam aos outros, derretem posições ideológicas e, então, Bia, saiba que, muito além dos objetos, está o que os configura nos campos do vazio, aquilo que o verbo, incontinenti, designa sobre

todas as coisas, como por exemplo:
Filho: planta em solo de vidro. Vidro: areia e sol. Sol: luz de fora. Fora: luz de dentro. Dentro: estado bruto do silêncio. Silêncio: palavras-estátuas. Estátuas: vida em represa. Represa: o mar acorrentado. Acorrentado: Prometeu. Prometeu: pobre abutre. Abutre: negro labor. Labor: a dor adormecida. Adormecida: um quase morrer. Morrer: inteiramente. Inteiramente: nada que determina a nossa experiência. Experiência: o vivido intransferível. Intransferível: o que sentimos com este corpo e o que reverbera só em nossa alma. Alma: a flor abstrata. Flor: esconderijo perfeito. Perfeito: o jardineiro. Jardineiro: mãos no barro. Barro: nós. Nós: nós e todos os outros;
e, em meio a esses incontáveis objetos, Bia, enunciados que nos resumem — a vida é o resumo de algo que não podemos alcançar —, eu não sei e, certamente, ninguém sabe, aonde nós, navios sem portos, vamos chegar, e muito menos, Bia, muito menos por quê, por quê, por quê.

Sim, tu vais perguntar, por quê?, todo mundo, um dia, há de se fazer esta pergunta. E então, eu te respondo, Bia, com a certeza de que não vou te convencer, mas ainda assim não posso me furtar a dizê-lo: porque os famintos têm na imobilidade da espera o desespero, porque os saciados aprenderam a plantar apenas indiferença, — porque a dor migra como os pássaros pra onde há luz e harmonia, porque mesmo uma greta de terra pode abrigar uma árvore centenária, — porque certas carícias fendem até homens de ferro, — porque as entranhas são ninhos de segredos, — porque a espada atravessa a pele sem sentimento algum, porque pelos rastros se notam os pés do peregrino, porque abrasivo pode ser o sopro de amor no rosto de um filho, — porque o escuro reluz na retina dos videntes, porque nada explica a tão curta e dolorida jornada, e de nada adiantaria se algo explicasse, pois mesmo o muito é sempre pouco, — porque não há ninguém que não anseie, ao menos por um minuto, ser outro, — porque quanto mais o corpo cede mais a alma pede, porque sobrevivem meninas no espanto das velhas senhoras, porque até os mais maciços sonhos se evaporam ao tempo, porque é o olhar que põe rugas na paisagem, porque a vida é oceano e a memória, lago, — porque não cabe tudo na palavra "tudo", — porque minha rala alegria, somada a tudo que me contentou a vida inteira, é incapaz de neutralizar um único dia de tua tristeza, Bia, — porque não há anjos pra corrigir a rota daqueles que o desejo extraviou, porque um sorriso abre janelas e um grito, paredes, — porque o fim sempre nos surpreenderá a meio caminho e, queira ou não, deixaremos sempre algo por fazer, uma casa no papel, uma roupa suja, um liquidificador no conserto, — porque a equação é simples, Bia, vida menos poesia igual vazio, pássaro menos canto igual angústia, você menos eu igual seu futuro. — Por quê? — Porque mesmo o dilaceramento do quase nada é melhor do que o nada.

Para que conheças o que é uma dor e, sobretudo, para que saibas desde já que, em todos os teus dias, manifestas ou à espreita, as dores estarão lá, — eu te conto, Bia, que a gravidez de tua mãe foi de máximo risco, a partir do sexto mês ela vivia em repouso, eu despertava sempre às seis, eu via a manhã saindo, aos poucos, da membrana da noite, e ela, sem se mover, os olhos no duplo escuro (das pálpebras e da penumbra), horas e horas no quarto fechado, enquanto o sol envelhecia lá fora e, filtrado pelas frestas da janela, instaurava uma era de paciência e resignação, —

até que eu retornava do trabalho e, de novo, me deitava ao lado dela, exausto pelo longo expediente na universidade, e lhe dava a mão, imaginando o que ela pensava de si e do universo à medida que te fabricava, lentamente, Bia, e, às vezes, eu podia sentir, na imobilidade dela, o mecanismo da vida funcionando naquele ventre em relevo, parecia haver um perigo próximo, a todo momento — tão diversa havia sido minha experiência com o teu irmão, ele, destemido, estufando a barriga da mãe e esmagando com naturalidade tudo o que o impedia de nascer, e foi assim que agora, só agora, por não ter ficado à tua espera, tão confiante como da primeira vez, mas, sim, por acompanhar de perto a tua feitura, superando as ameaças a cada minuto, eu cuidando de tua mãe um tanto comedido, sem revelar o meu exagero — a muito custo, eu fingia uma fé que, no entanto, vivia vacilante —, eu, receoso de que o caldo orgânico no qual ela te cozia pudesse desandar a qualquer gesto brusco, e, embora soubesse que, se o pinheiro adulto é débil ao temporal, mais ainda é a semente ante o sopro do imponderável, foi só depois de ver o quanto a tua mãe, no rumo contrário à correnteza, se violentou pra seguir adiante, exaurindo todas as forças pra te germinar, útero virado, os antigos diziam, embora o nome atualmente seja mais melodioso, útero retrovertido fixo, foi acompanhando o teu avanço, Bia, de fagulha vital, que podia ter gorado a qualquer instante, a criatura que emergiu de dentro dela, pronta enfim, e suja de sangue, que eu me dei conta do quanto a ordem, cercada de caos, persiste em dar forma às sombras e, sobretudo, dotá-las de um esplendor que, aos poucos, vaza de seus contornos e desafia tudo ao redor; e, hoje, a contradizer o dia que se abriu estupidamente ensolarado, como se as vicissitudes se resguardassem, em respeito a tanta luz, a tua mãe permaneceu na penumbra desde cedo, acometida por um daqueles súbitos desmaios, companheiros dela desde adolescente, descontrolando a nossa rotina, a solução foi chamar a tua avó Helena, que veio prontamente — a dividir-se em cuidados entre ti e ela —, e, quando tua mãe passa por essas crises, em mim também ressoa a náusea, a certeza de que não posso retirar dela nenhum grama de seu desconforto, *não se preocupe, estamos aqui pra isso*, ela costuma dizer diante de qualquer alegria ou pesar, mais nova que eu e a alma já madura,

e, então, Bia, o meu dia foi como tantos outros, depois que a tua mãe encontrou o seu destino em mim, de muita inquietação em face da fragilidade dela, pois há pessoas que mal amanhecem entre nós, logo anoitecem, eu pensei que a juventude dela iria me dar, nesta segunda chance de abrir uma família, a paz e o recolhimento que todos desejam no inverno, mas,

eis que, embora viver seja coisa grande, é também a força que lhe contraria, e não há como vencê-la, senão aceitando que a dor desenha em nossa pele, com esmero, um itinerário de pequenos cortes, ora arde um, ora sangra outro, e, às vezes, todos, juntos, nos queimam, em uníssono.

A pele, — tocando a tua pele com a ponta do meu dedo, desenhando os teus contornos, recordo que essa roupa que nos cobre só capta as nossas sensações na superfície, onde os seus milhares de radares estão plantados; — como as estradas, a pele não é profundidade mas extensão, a pele não é como o mar, sem margem, os lados indefinidos — o mar é mais mar onde só alcançam os escafandristas, quanto mais dentro dele mais o mar é o que é; mas a pele, não, se mergulhamos na pele, Bia, encontramos o que ela já não é, carne e músculo e sangue e osso —, a pele é o raso, e é nele que a dor arrasa, é nessa superfície que a fome de outra pele se plasma, é nessa camada fina, mesmo quando lhe faltam maciez e elasticidade, que se leem os sinais do mundo e o alerta máximo do desejo; — pulsante é este meu dedo que percorre a ponta de teu nariz, uma das maçãs de teu rosto, a curva de teu queixo, reconhecendo, por meio desse caminho, que és minha filha, e assim sempre serás, a pele, o mapa que nos leva, como o rio leva o ramo na correnteza, à aflição e ao gozo, ao nirvana e ao Hades, — e, ainda que não sinta com intensidade o meu toque, ou que dele te esqueças, porque este momento já se afoga nas águas do vivido, tu, meses à frente (quem sabe anos), de olhos fechados, como agora em que dormes no teu berço, sentindo o meu dedo deslizar pela tua face, serás capaz de dizer — a tua pele a recordará —, *este é o meu pai.*

Também a tua pele haverá de reconhecer o toque de tua mãe — hoje, ela está mais disposta, saiu da cama e tomou café comigo — e ninguém senão ela logrou te tocar desde dentro, ao contrário de todos nós, repito, que sempre o faremos do lado de fora, e, no futuro, quando te tornares mulher e descobrires que a pele é propriamente o caroço (cada um de teus poros o confirmará), chegará o dia no qual, em contato com um desconhecido, nem será preciso que seja pelo roçar de uma pele a outra, um sopro vindo dele bastará pra que tu digas, com a certeza dos

predestinados, *este é o meu homem*; —
e, então, será o ponto de transformação de tua educação sentimental, Bia, daí em diante o sol que brilha desde o começo dos tempos se renovará em teus olhos, a extinta rosa dos trópicos surgirá de súbito em tuas mãos, as roldanas dos sonhos impossíveis voltarão a se mover, o mundo das esperanças mortas ressuscitará; —
afinal, basta uma gota-d'água pra almejarmos a chuva, basta o prenúncio da chuva pra sentirmos o cheiro selvagem da erva, não há como evitar a fatalidade dos dias que te parecerão felizes, e talvez o sejam verdadeiramente, assim como, em trechos por vir, dias terríveis esperarão a tua passagem pra que, saltando às tuas costas, a recordem que há o reinado de Cronos e o de Kairós, que há o tempo da mão semear e o tempo da foice ceifar, há o tempo de ver e o de rever (ao fim da trilha palmilhada), pela escrita da memória, os fatos que vão te tornar a Bia de amanhã, —
e, se um homem pode dormir salgado de mar e pela manhã se descobrir guardador

de rebanho, e se um outro acordou inseto na mente de um escritor, e se dos dedos de uma pintora floresceu um abaporu, e se numa tela móvel irromperam formigas e um cão andaluz, e se campos e ramos e rosas pariram territórios imaginários, tu podes amanhecer tristeza, entardecer esperança e anoitecer sol, — tu podes, Bia, podes tocar, não com o pensamento, mas com o teu sentir, o que vibra entre as minhas palavras, e recolher, como roupas no varal, os significados dependurados em suas entrelinhas, e, também apanhar, no conjunto deles, a história que começam a contar; — veja, a tua avó Helena te acomodou dentro do carrinho e te trouxe até a varanda, assim vais te habituando ao lado de cá, onde o vento te toca pela primeira vez, e as coisas são o que são, coisas, independentemente de nós, — eis ali um flamboaiã e a sombra que dele se arvora, eis o casario que se estende rua abaixo, e eis um rapaz (abrindo o portão), teu irmão Mateus, e aquilo, o que é aquilo que se move, sem pressa, pela calçada?, é apenas um cachorro vadio, mas eis ali o canteiro de amores-perfeitos de tua mãe — neles, tão belos e frágeis, o tempo se empoça com mais crueldade —, e eis a janela fechada do quarto onde ela se recupera, os seios arrebentando de leite sem poder te amamentar, e, mesmo que ninguém tenha te alfabetizado nessa linguagem, Bia, basta um suspiro dela pra que imediatamente a reconheças e digas, *esta é a minha mãe.*

Esta é a tua mãe, Bia, e tu a vês de teu berço, enquanto eu a vejo da banqueta que pusemos neste quarto pra te assistir, esta é a tua mãe e tu a vês dobrando com delicadeza as roupinhas que escolheu pra ti quando ainda eras um grão no ventre dela, é nos gestos mínimos, Bia, — que nos revelamos, inteiros, veja, ela de costas, tão entretida, sem perceber que a observamos, embora, no futuro, também não te lembrarás deste momento, nada incomum se passa aqui que exija registro, Bia, mas eu, eu leio nas espáduas da tua mãe o dia de hoje, o trabalho que as tuas cólicas lhe deram, e reconheço muitos outros dias acima deste, a escreverem o texto que vai sobre os ombros dela, — a tua mãe, Bia, afeita ao silêncio que antecede a percepção do silêncio, apenas o aceita, como a tudo, entregando-se, com abnegação, à matéria da vida, ela é quem inaugura a manhã em meus ouvidos, a voz que tu escutas desde embrião, e que certamente penetra até o fundo de teu íntimo, a voz que respeita o tempo de espera, a voz que não dá ordem, só faz o pedido sem cobrar nada do universo, e, mesmo sem ver o seu rosto, eu sei que ela, agora, sorri ao sentir a lavanda em teus sapatinhos de lã, Bia, — assim como me comove vê-la, de perfil, quando sentada na cama, o sol a lamber seus pés, pondo-se dentro de um vestido, e, então, parece que nunca haverá na história do tempo a hora em que essa cena não mais se repetirá, esta é a tua mãe, e ainda que pressintas, não sabes o que há de todas as mulheres nela, e o que há somente nela e em nenhuma outra mulher, embora um dia possas perceber

que os gestos de tua mãe, Bia, são como uma língua nova que parece ter sido forjada para produzir onomatopeias, quando dela, em verdade, o que mais se pode extrair é a dor da poesia, e se isso eu te digo, é porque ela está em ti como o sal no mar, ela, que foi nos primeiros anos professora substituta, aprendeu a ser paciente ante os desígnios do tempo, ela raramente sai de dentro de si, Bia, nem com os meus gritos à queima-rosto, quando, às vezes, fora de mim, eu esconjuro os meus defeitos, a tua mãe nada diz, ela sabe que contra o fel só o silêncio age como antídoto, ela jamais estende a mão nessas horas pra me acariciar os cabelos,
a tua mãe, Bia, retira-se até que minhas palavras retornem à calmaria, nem todo mundo é sagaz pra perceber que uma vida (de perdão) ante outra vida (de explosão) tem o efeito de uma ofensa, é sozinho que expurgamos o veneno de nossas contrariedades, por isso, ela se afasta de mim e vai pisar — inaudíveis são seus passos —, nas sombras da sala, cortar diligentemente o

talo das flores, recolher as roupas no varal, o seu fino e longo pescoço, como uma figura de Modigliani, a avultar entre as minhas camisas, e eu não sei por que sempre penso em Perseu a ajeitar com ternura o pescoço da Medusa antes de decepá-lo, a tua mãe, ao menos a que conheço, como homem, de um jeito que jamais a conhecerás, basta se virar e me ver, eu bem sei, pra que seus olhos atravessem a minha neblina, dotada ela é de sensores distintos dos meus, e eu me pergunto como sabe tanto se sou eu quem mais vida tem nesta casa, e eu me pergunto como seus braços de grilo conseguem não apenas te segurar, Bia — ganhastes muitos quilos desde aquele primeiro dia —, mas também segurar o peso da realidade que entra comigo por aquela porta, repare, ela segue agora para a cozinha, e, no entanto, eu a sinto aqui ainda, a se mover em mim, a tua mãe, a tua mãe que não me pediu véu e grinalda, nem me exigiu aliança e lua de mel, cartório e igreja ela dispensou, a tua mãe que vem vindo com o teu leite, e ela, por mais que faça, será pouco pra ti — o mundo também a cobrará maior desvelo —, vais descobrir, Bia, em breve, essa nossa atávica insatisfação, item de série da espécie humana, e, então, um dia, talvez, numa hora negra, tu a culpes pelos mimos que te deu ou pelos melindres que te calou; nunca seremos, para o outro, o que ele pretende que sejamos, — para isso fomos feitos, Bia, para amar e decepcionar a quem amamos, com esses braços curtos incapazes de envolver o ser querido, com essas mãos que aprendem a acariciar ou a sangrar com a mesma indiferença, para isso fomos feitos, Bia, para uns se enriquecerem à sombra, e outros minguarem ao sol, alguns aqui aportam com habilidade para remover montanhas, outros para erguê-las, e não adianta dar cutelo para quem manobra lápis, nem pincéis e aquarela para quem desenha com espátula e aguarrás, — ninguém pode assumir, Bia, o destino que é do outro, o que é teu é teu, e só até o último suspiro, porque a vida não continua, e se, ainda assim, houvesse um reencontro, noutro plano, se eu pudesse te ver depois de tantos anos de minha partida, quando chegares ao fim de tua história, não seríamos quem hoje somos, nenhum amor garante a sua permanência ante a procissão das horas, a tua mãe que, já à noite, estende a toalha sobre a mesa da copa, e nela dispõe com zelo, mas sem simetria, a xícara de chá e os talheres, o cesto de pão, para que amanheçam à minha espera, a tua mãe que se enrola num desbotado roupão pela manhã, os olhos gordos de sono, os cabelos trançados pelo travesseiro, e vem fazer o café, enchendo a cozinha com os seus gestos lentos, e eu, quieto, a observo à furtiva, pra não intimidá-la, um homem apenas a mirar a sua mulher à primeira hora do dia, nada mais, e, no entanto, é tudo o que eu desejo, porque é ela, a tua mãe, Bia, e não outra que ali está, a tua mãe, com a sua existência e seus exíguos limites, ela quem me fez ver que não um santo, mas um homem desesperado (pra que nele acreditassem) foi capaz de andar sobre as águas, a tua mãe, tão frágil, serena as minhas tempestades, e, assim, o meu passado não se põe mais à frente dos meus pés, eu nem a notei retornar, a tua mãe, macios os passos dela no assoalho, e já te alçando do berço, Bia, vai cuidar docemente de ti agora, e, também, daquela parte tua em que eu habito, aquela região que terás de me drenar, pra que não te inunde de minha ausência quando eu não estiver mais aqui.

O passado inunda, o passado nasce riacho e se engrossa na garganta de mares incontornáveis, a ensopar uma vida nova que, no entanto, já carrega em seu bojo velhas narrativas, — eu te digo, Bia, que há na família o caso de um alcoólatra, teu tio-avô Frederico, e esse, como todos que não suportaram a realidade, fez de sua existência uma ferida que sangrou (e sangrará) nos parentes (mais próximos), assim como a falsa aura da santidade paira sobre a nossa cabeça graças à irmã da avó Luíza, enquanto ela fugia para o Brasil, essa irmã se engajava como freira no convento de Ávila e de lá, durante anos, escreveu cartas nas quais copiava versos de San Juan de la Cruz, *Vivo sin vivir en mí,/ y de tal manera espero,/ que muero porque no muero*, e se enforcou antes dos trinta anos numa árvore no pátio do convento, *Esta vida que yo vivo/ es privación de vivir/ y assi es continuo morir/ hasta que viva contigo*; — e houve aquele primo que fugiu com uma negra pro Marrocos e, depois, a vendeu aos tuaregues; — e houve aquele tio que se tornou marinheiro e que, vez por outra, atracava no porto de Santos e ia visitar o teu avô André, até desaparecer num naufrágio no triângulo das Bermudas; — e houve um que era carroceiro e fazia trovas, declamando-as aos brados pelas ruas; — e houve uns tantos que já se foram, mas, enquanto estiveram entre nós, eram tão presentes com seus gestos pessoais, o timbre de suas vozes, as consequências de seus erros, e eram tão verdadeiros quanto eu sou ao volante deste carro, e quanto tu és, Bia, com a tua mãe, aí no banco de trás, o mundo se exibindo lá fora para os teus olhos que por ele passeiam, irrequietos, assim como as tuas pernas balançam sem parar, e eu os vejo, todos esses que nos antecederam, pelo espelho retrovisor, diminuindo, diminuindo, embora continuem na paisagem, vivos no tempo em que habitaram, o tempo que, então, era o agora no qual eles existiam, tão sólidos quanto as pistas desta avenida;

e houve os que viveram normalmente a sua sina, engendrando sonhos, erguendo casas, parindo filhos, até começarem a padecer de enfisema pulmonar, diabetes, hipertensão — quem é que sabe, Bia, qual desses males aguardas dentro de ti?, quem sabe qual semente haverá um dia de gerar a muda explosão em teu corpo? —, e de nenhum desses males eu poderei te salvar, Bia, eu só aprendi com Mateus a salvar vidas nos games, e nas histórias que escrevo, basta um clique e nada dessa dimensão do provisório, nem o vírus mais resiliente é capaz de destruí-las, as vidas, as nossas vidas, Bia, aparentemente mais fortes que o papel e a memória digital, não resistem, filha, a uma decepção; — e houve ainda aqueles do lado de tua mãe, um que cultivava abelhas e coelhos e morreu numa briga de torcidas uniformizadas, e também um açougueiro anarquista perdido na neblina do século passado, — e houve um que enlouqueceu depois de perder os filhos num acidente de automóvel, e houve uma que tinha meio-sangue índio, prostituiu-se desde menina, e, inesperadamente, casou-se com um fazendeiro e se mudou pra Miami, e houve um que foi cenógrafo e conheceu muitos artistas de teatro que, depois, migrariam pra televisão e se tornariam celebridades; — todas essas vidas, Bia, vindas de outras, igualmente precárias, e que um dia pareceram plenas, há pouco ou há muito partidas, deixaram uma marca, quase invisível, no livro dos destinos, marca que o tempo haverá de derreter com seu ácido; essas vidas todas, te agrade ou não, correm, desordenadas, dentro de ti, Bia, não há como secar em nós o licor da história familiar e, há ainda, filha, o que se soma ao teu particular, a carga de toda criatura, humana e mortal, com as suas infinitas impossibilidades a influir em cada um de teus passos; — e, pra que eu seja honesto até a medula, tu precisas saber que houve um que encontrou uma boa mulher, filha de lavradores italianos, também imigrantes que aportaram na mesma região onde teus bisavôs espanhóis cumpriram o destino deles, e com quem ele teve um filho bom, nem gênio nem tolo (que esses exigem um amor ilimitado e, por isso mesmo, doentio), apenas um homem, dentro das medições normais e, sendo assim, pedindo só um amor justo, um homem, ainda rapaz, pra quem talvez ele não seja um pai padrão, embora o ame com todas as suas forças, este, é preciso dizer, traiu essa boa mulher com uma jovem aluna que o levou primeiro ao paroxismo sexual e depois ao remorso, e o fez virar as costas para a ordem familiar e o confinou a tardes de encontros fortuitos em motéis, e nele despertou o talento, certamente inato, à espera só do fósforo, pra espalhar longos rastilhos de mentira, e a cometer tantos erros, mais do que todos até então cometidos em sua vida inteira, e também a experimentar prazeres e pesares (sobretudo pesares) desconhecidos, e em tal voltagem que, por vezes, pareceu lançá-lo a uma existência superior, dotando-o de uma percepção que conduziu sua consciência às alturas, e, assim, o fez perder a companhia diária do filho, que antes havia sido alegre e divertida, — pois ele teve de se mudar pra um pequeno apartamento e viver apartado da lavoura que cultivara com tanto ardor no início, julgando-a, pra sempre, o seu único esteio, e ruminar dias e noites de solidão, descrente de que lhe seria oferecida uma prova de reparação, mas a segunda chance veio sob a figura dessa mulher toda perdão, apta a um entendimento além do que os fatos só parcialmente revelam, embora nem ela, e nem qualquer outra pessoa, tenha conseguido retirar dele a cruz que lhe segue pregada aos ombros, nem eliminar de suas pernas os vestígios de seus passos erráticos, nem lavar de seus braços as recordações dos desejos que entre eles foram saciados, — e este, este, que um dia, talvez percebas se espraiar inteiramente em teu espírito, solapando todos os outros aqui citados, que desaparecem lá no fundo do espelho retrovisor, e te insuflando a cometer algum desvario, — este, Bia, — este sou eu.

E pra que servem as lembranças? — Lembranças, não há o que fazer com elas, Bia, mas também se não existissem, eu não poderia te deixar este legado, porque só escrevemos sobre aquilo que se encravou em nossa memória; depois de sentir o oceano debaixo dos pés, fazendo-nos cócegas, não há como senti-lo novamente naquele agora, senão por meio de recordações; — tudo o que vivemos é como fogo à beira de folhas secas, só um redemoinho de vento, levando-as pra longe, é capaz de salvá-las da destruição, — a primeira vez é sempre a vida virgem, e o que ela renovará um dia, como as estações, será sempre mais fraco que a sua matriz; — e, às vezes, as lembranças inflam como bolhas no calcanhar, Bia, e aí é preciso perfurá-las, porque só será possível seguir nosso curso se delas extrairmos o seu líquido espúrio, certas lembranças varrem dos nossos olhos as paisagens, enquanto outras, como ventosas, se imantam em nossa memória e nos obrigam a ver nitidamente a escuridão, — se o passado nos limita, Bia, revisto lá na frente, pode desfiar as teias de aranhas que cobriam nossa visão e nos obrigar a ver o mundo como se pela primeira vez, não importa a reserva por trás do veio d'água que goteja da rocha, não importa a quantidade de tristezas que se acumula sobre nós, desfrutamos o instante ao mesmo tempo que lhe damos adeus, — as lembranças brotam com a mesma fúria manancial do presente, o presente só na aparência é sereno, em seu ritmo de conta-gotas, tanto que, embora tenham se passado apenas dez meses da tua chegada, eu já tenho muitas reminiscências; sim, o que eu guardo de ti, Bia, constitui, ainda que pequeno, um testamento, e isso também se dá com outros pais e filhos que aqui aprendem a cerzir suas penas, num átimo já estamos lá adiante, e o que ontem era um delicado esboço, hoje é um desenho acabado, — tu não somavas senão umas parcas horas e, agora, são dias e dias, que foram dando forma ao teu corpo, já são alguns meses impondo uma nova rotina nesta casa, muitas manhãs ao ar livre na praça, onde a tua avó Helena te leva para que comeces a amar as árvores, e a mover teus bracinhos euforicamente quando vês um pássaro, como se pedisses ao céu asas pra flutuar em seu azul, — e, agora, eu já sei qual a canção de ninar que mais te agrada, qual brinquedo a tua mão segura como flor e qual ela abandona como ramo seco, eu já sei quando tua mãe vai te amamentar, qual o teu seio preferido, eu reconheço o timbre do teu pranto, e eu já lembro de uma noite em que te contorcias sem parar e te esgoelavas, como se uma cobra serpenteasse dentro de tua barriga, e eu e tua mãe corremos pra minimizar a tua briga contigo mesma, porque não era mal nenhum que queimava as tuas entranhas, era apenas o ar da vida que em ti se debatia, até que o sol entrou pelo vão da porta e, aí, tropeçando de cansaço, nós três caímos no paraíso do sono; — sim, Bia, eu já tenho muitas recordações tuas, as lembranças são mesmo uma segunda via, tudo o que foi à primeira vista ganha outra configuração aos olhos da memória, como se buscássemos uma reparação, um ajuste mais pela nossa incapacidade de aceitar os fatos do que pela inconveniência da verdade, e, ao relembrarmos, tudo de novo se inicia, a máquina do mundo recomeça a girar freneticamente, Bia, — e eu posso te ver nascer outra vez, posso ver outra vez o teu irmão Mateus nascer e crescer todos os anos até chegar à idade de hoje, até chegar a este momento em que ele, ainda há pouco, esteve aqui e almoçou conosco, e posso ver também todas as perdas que nele doeram — ao menos, as que conheço —, os dentes de leite, a unha do pé pisoteada por um amigo, as partidas de futebol, uma lista enorme e que só aumenta, posso ver meu pai morrer outra vez naquele quarto, e, se fecho os olhos pra recordar, posso ver minha mãe remorrer, meu avô João partir mil vezes, minha avó Sara reapagar-se, todos eles e outros, tão queridos, reapodrecerem na terra e no meu esquecimento; e, então, ressuscitarem, um a um, no terceiro ou em qualquer dia, eu posso vê-los, em cena novamente, *pai, que saudades!*; *mãe, como gostaria que me abraçasse!*; *vô, vô, desperta,* coño!; *vó, e o meu leite queimado?*; *pai, como eu te amei, apesar de ser, às vezes, estúpido com a mãe*; *mãe, me perdoe, mas eu também amo o pai, eu entendo os defeitos dele, eu sou um de seus defeitos, mãe*; *pai, mãe, pai, mãe, eu sou um velho só na superfície, eu sou no fundo e pra sempre aquele seu filho criança*; por isso eu deixo aqui, escritas, as minhas margens, Bia, porque já estou te perdendo, eu já te perdi por tudo o que vivestes até este instante, mas eu te recupero com as palavras, Bia, palavras que eu apanho como quem colhe frutas — as verdes pra amanhã, as maduras pra agora —, as palavras que, nem toda vez, senão em horas raras, têm o poder de dar a janeiro o que é de agosto, as palavras se queimam em nossa língua, viram, instantaneamente, silêncio-cinzas, mal são pronunciadas já entram em combustão, as palavras só valem mesmo para o momento, *eu te quero*; *eu farei tudo por você*; *eu vou te proteger*; *pode confiar em mim,* cariño; *eu cuido dos negócios da família, pai*; *quero ser enterrado lá, filho*; *vem pra cama, amor!*; estas palavras — e todas as outras — incineram-se depois de bem ou mal ditas, como folhas de papel sobre a chama do isqueiro; mas, com elas, é que damos corda em nossas recordações, as lembranças, eu nem sei por que a elas recorremos, se mesmo poderosas não são mais que pálidas, se mesmo paradas continuam semoventes, eu nem sei por que me lembro de um dia, agachado, amarrando o tênis de teu irmão, ainda pequeno, e ele, de repente, se enlaçou em meu pescoço, e eu dei um passo, e outro, e comecei a andar, com ele em mim dependurado, a se divertir, às gargalhadas, e, então, eu me lembro do dia que conheci a tua mãe, Bia, uma das professoras substitutas, e eu não vi nada do que hoje vejo nela, eu fui fisgado por outros olhares, e ela não ficou lá senão umas semanas, para que entendas, Bia, o desejo tem o seu próprio curso, enquanto a vida vai à deriva, nós só nos encontramos anos depois, pra sermos os teus pais, e, até chegarmos aqui, eu e tua mãe chovemos muitos e muitos dias, quem sabe tu ainda possas nos ver à mesa, e reconhecer quem é quem pelo manejo dos talheres; são mil madeleines que só servem à fome de minha memória, e vão recompondo a história rasurada que eu sou, Bia — ninguém pode passar a vida a limpo, é inerente à sua escrita os rabiscos, as emendas — mas, em meio a elas, me vem uma, eu estou chegando do trabalho, cheio de sujeira em meus olhos (toda a beleza que não vi durante o dia), cacos de conversas nos ouvidos (os ecos do mundo em mim), os braços presos ao tronco como asas recolhidas (voar também entedia), e, mal abro a tramela do portão, te vejo, à luz ocre do entardecer, no colo de tua mãe, na varanda, ela sentada em quietude, ambas à minha espera, é verão, e no verão é bom desabotoar os cuidados e sair à porta da casa pra receber um afago da brisa, o céu já grávido da noite escurece lentamente, e eis que eu me acerco, beijo uma e, depois, outra, e me sento em frente às duas, e aí ficamos a nos contemplar, mudos, o silêncio é tão forte que nos toma o corpo inteiro, e, assim, permanecemos, pra que o quadro se pinte por si mesmo, formando, finalmente, a santíssima finitude, nós três ali, tornando-se, aos poucos, uns para os outros, lembranças.

Fomos costurados com a mesma linha fina, Bia, e por sermos organizados, assim, um órgão suturado ao outro, esse hemisfério a se fundir àquele, somos vulneráveis às perdas, não é por acaso que te escrevo, filha, eu sou a tua perda futura, e, hoje, de súbito, dei pra inventariar uns bens perdidos, não porque tivesse algum motivo pra recordar das pessoas que me foram amputadas — nunca sabemos aonde vão dar as nossas sinapses e quando nos levarão, de novo, aos amores soterrados, mas, por sorte, Bia, não nos lembramos de nossos mortos todos os dias, não suportamos senão raramente esse milagre ao contrário, esse ver, outra vez, o lampejo do que antes foi um fulgor, não o eterno retorno, mas a eterna partida, e cada um sempre a seu tempo, as inevitáveis despedidas, — eu não conheço a lâmina da morte, só a ferida dos outros que ela produz em mim, o pai, a mãe, a vó, o vô, o tio Frederico, uns amigos, — é por isso que eu tento a todo instante, e não sei se consigo, eu tento me olhar, e olhar os outros, e as coisas todas, e até os sonhos, duas vezes, Bia, uma por mim, pelo que sou, inteiro fragmentado, e outra por eles (incluindo aquele que eu estou deixando de ser), pra que revivejam o mundo, pra que acordem e recordem pelos meus olhos as cenas, os quadros, as paisagens, tudo que a vida põe à minha frente, — e tanto é assim que eu vejo o que vejo lentamente, enquanto sinto que também sou visto pelas mil retinas do meu entorno, e o mesmo eu recomendo pra ti, Bia, que o teu ver seja devagar, se for teu desejo ir ao coração dos fatos e apalpá-los, recomendo que tente ver duas vezes, por ti e por nós (os já partidos e os que estão a caminho), e isso vale, igualmente, pros demais sentidos, que sorvas por duas vezes o ar perfumado desta rosa sobre a mesa, que toques duplamente a barba a despontar como alfinete no meu rosto, e sintas em dobro os sabores do verão e do inverno — e a consistência de tua própria saliva! —, e ouças por duas vezes o canto deste pássaro na laranjeira do vizinho, deixes em dobro os rumores humanos ecoarem pelos teus tímpanos, e permitas que o silêncio se repita depois de teu passo estalando os gravetos do chão, dê-se a chance de sentir na medula o jorro da vida, e também a dê pra aqueles que abrigares (estarei entre eles?) atrás da folhagem de tua memória, não sei se o fogo dessa segunda vida é capaz de chegar a todos os mortos emaranhados em nossas lembranças, mas não importa, Bia, é preciso asfaltar essa via, ampliando até o nosso último suspiro a data de validade deles — que, então, se apagarão em definitivo conosco —,

— porque a lua que eu contemplo agora, pelo vão do vitrô, eu contemplo com todos eles em mim, e ela há de vê-los, reunidos, na cauda do meu olhar, e quando eu te pego no colo e te ergo à altura de meu rosto, no movimento de meus braços vai o impulso de cada um deles, — por isso, às vezes, ao encontrarmos um desconhecido e ouvi-lo enunciar as primeiras palavras, não hesitamos em concluir, *eis aí um homem que sabe o que diz*, pela voz dele falam todas as outras vozes de seu atavismo, — por isso, há quem realize gestos grandiosos com apenas um aceno de mão, há quem pode transformar granitos em lírios do campo; até mesmo ao cruzar com uma criança na rua, percebemos o mal estocado em seu sorriso, — em ti mesmo, Bia, está a brasa de todos os que te antecederam, sob a cor de teus cabelos castanhos posso notar, como se antigas tinturas, toda a linhagem de fios loiros e negros e ruivos e grisalhos da família; em ti, filha, alinha-se, em fila dupla, o que é teu e o que em ti pertence aos outros, a festa e o luto, o excelso e a sobra, o poço e a torre; sozinha, apenas um ano velha, no teu berço, estás tão povoada, Bia, e, embora o oco doa mais, haverá dias em que suplicarás por te esvaziar de tudo — e a natureza vetará! —, então, viva os teus instantes de beleza (e de angústia), oferecendo-os a eles por meio de teus sentidos, é o que eu faço neste caderno que escrevo pra ti; a palavra, seja qual for, é a segunda vez, a única que, apesar de seu atraso, de sua força reduzida, nos resta, Bia, pra suturar as vivências e evitar que caiam no chão como roupas dos cabides.

E as palavras, eu te aviso, Bia, voláteis como a neblina que nos impede de ver o horizonte, de súbito, se evaporam, revelando até os imperceptíveis tons do azul, — as palavras só valem pro momento em que foram ditas, o que eu disse à tua mãe na primeira noite em que nos misturamos, água de distintas impurezas, só valeu pra aquele instante, e o mesmo se pode dizer sobre o que ouvi dela, o texto endereçado a mim cumpriu mais o itinerário de suas carícias do que propriamente o de seus murmúrios em meu ouvido; — há um instante em que o "eu te amo” se transforma em “eu não te amo mais”, embora esta mudança seja tão lenta que nem notamos, senão quando a língua, pesada como monólito, se recusa a dizer (porque lhe falta a verdade) o que o resto do corpo já não sente, e ainda se, por milagre, ela se destravar a dizer, será um “eu te amo” que se desintegrará no próprio instante em que for enunciado, e essa é uma lei extensiva a todas as situações que o verbo determina, seja “eu quero” ou “eu não quero”, seja “eu estou aqui” ou “eu não estou mais aqui”, e em mil outros exemplos, “tenho fome”, “preciso dormir”, “vou me matar”, “fora da caridade não há salvação”, “é proibido permitir”, “bem-aventurados os mortos, que deles será o reino do esquecimento”, as palavras têm coragem de mostrar o rosto sorridente enquanto o mutismo lhes rasga as costas a chicotadas, e essas que o médico disse há pouco sobre a tua mãe, que, outra vez, passou mal e quase desmaiou, *ela terá de ficar internada*, e tudo o mais acerca dos cuidados e do tratamento recomendado a ela, valem pros próximos dias, tão perecíveis são as palavras, e, se for assim, a normalidade logo voltará à nossa casa, filha, e as janelas serão abertas pra que o sol lave as sombras de cada cômodo, os cheiros de temperos novamente haverão de flutuar pela cozinha, e tua mãe haverá de promover a alegria como antes, com as músicas que ela tão bem sabe cantar, porque se nos fascina a quebra da ordem, é por meio da ordem que avançamos dia a dia, correndo o risco de nos anestesiarmos com a sua monotonia; no reino das palavras, o dedo espeta a agulha com a sua fina membrana, o escuro clareia a manhã, o mar se molha nos tornozelos de quem desliza na areia, a vida de Lázaro inesperadamente se revalida, tantos milagres fazem as palavras dentro da redoma de cristal que edificam, mas, do lado de cá, elas se esfacelam nos paralelepípedos da verdade, as únicas palavras que valem pra sempre — tu na margem oposta, vivendo o teu início — são aquelas, Bia, que anunciam o adeus.

Só o silêncio é que vale para sempre, o silêncio, Bia, era a nossa língua oficial, pelo silêncio podíamos dizer tudo com exatidão, sem o risco de não sermos compreendidos, mas, em alguma época ancestral, deu-se a queda, tentamos experimentar o máximo do silêncio e, então, caímos, voltamos ao degrau anterior — as palavras —, por isso o abismo está nos extremos dos nossos sentidos, jamais no centro,

o sol, se estiver lá longe, nós nem o notaremos, mas o sol, de perto, nos cegará; o sussurro mal pode ser ouvido, assim como o trovão que nos ensurdece; nós vivemos pouco, quase nada, no núcleo dos eventos, Bia, nós vivemos o tempo todo à beira: o silêncio é a nossa língua-mãe, mas nós desaprendemos a sua linguagem, por gerações e gerações nos ensinaram a falar quando estávamos no pleno entendimento desse idioma, e, então, passamos a usar as palavras, para traduzir o que é ou foi melhor dito silenciosamente, e não há como transferir uma frase, uma sentença, um poema de uma língua para outra sem perder algo vital de sua substância, uma metáfora só é uma metáfora porque diz o que não se pode dizer de outra maneira, é a tentativa de driblar o incomunicável, e seria tão mais fácil se pudéssemos — de novo — nos movermos sobre a linha do silêncio, o silêncio, Bia, como se de volta ao paraíso, nos redimiria, nós deveríamos aprender os seus sentidos antes da palavra; se eu pudesse, eu te ensinava todo o abecedário do silêncio antes da fala, eu desaprenderia a falar e adotaria como língua todo o (meu) humano silenciar; se eu conseguisse reaprender, contra séculos de condicionamento linguístico, a me expressar nesse idioma, eu não precisaria escrever este caderno, eu apenas me aproximaria, como agora, de teu berço, me debruçaria à tua frente, e não diria nada, e aí, eu tenho certeza, tu não irias ler apenas o meu rosto, tu irias ler o que o silêncio significa no meu rosto, foi através do silêncio que eu soube de tua vinda, eu cheguei em casa exausto aquela noite e, mal abri a porta, a tua mãe, que me esperava cochilando no sofá, ergueu-se lentamente, e eu soube que ela estava grávida, porque tudo o mais era quietude, não era preciso dizer o que nela já estava dito — em silêncio, Bia, pode-se ver claramente se uma mulher carrega um filho, mesmo que o seu ventre não o diga; pode-se inclusive ver se esse filho terá cabelos lisos ou não, pode-se até ver o quanto de tempo sua vida, ainda em fabricação, suportará; em silêncio, pode-se ouvir, na zona fronteiriça entre o ontem e o hoje, o motor do acaso movendo a manhã, também foi assim, num momento sem som, que, entrando no quarto de tua avó, anos atrás, eu soube que teu avô André estava morrendo; é no silêncio que um corpo clama pelo outro; só a máxima quietude em nós e na natureza nos permite decifrar o texto que está sendo escrito, Bia, — o silêncio, embora pareça a ausência, eu te asseguro, é a presença em sua forma mais vívida, toda e qualquer palavra é menos que o silêncio, porque nasceu dele, do útero do silêncio vem o murmúrio, o gemido, o grito, o urro, todos os outros dialetos e até a babel das páginas em branco, — se eu falo, se eu escrevo, Bia, é porque eu não sei, ninguém sabe, como evitar a degradação do silêncio; — e no silêncio foi que tive a certeza, ao ver aquela professora substituta, que *não era ela*, mas *seria com ela*, que eu gastaria a minha vida, não à primeira vista, e, sim, depois de fechar os olhos para o que havia ao redor, extraindo de seu redor tudo o que não era ela; — é no silêncio que se pede perdão, Bia, é no silêncio que podes descobrir nas tuas entranhas as minhas fragilidades, é nele, no silêncio, que o nada se exalta, e a súplica se renova, e a opressão se dissolve, é no silêncio, Bia, que a memória resume as horas vividas, é no silêncio que o rio nos salpica o rosto com suas gotas, é no mais depurado silêncio que se irrigam os vazios, o silêncio, Bia, é que faz mais belo o luar, quietas são as carícias, as cores que calam na plumagem dos pássaros, as marcas na pele (embora abaixo dela a usina da vida continue a rugir sem cessar), é o silêncio que sempre sobra depois que a porta se fechou, é no silêncio que se mutilam as mentiras, que as cicatrizes se mostram, é no silêncio que tu sentistes o mundo pela primeira vez antes que a mão do médico estalasse em tuas costas pra que vomitastes o grito, é no silêncio que eu te inicio não no mundo, num caminho espiritual ou numa crença, é no silêncio que eu te inicio não num saber esotérico milenar, em jogos de ironia, em teoremas insolúveis, não, é no silêncio, Bia, que eu te inicio em mim — pisar no meu silêncio é o teu primeiro passo pra me conhecer —, é

no silêncio, filha, que eu te inicio em quem
tu terás — logo — de assistir ao fim.

Eu não queria ter ficado tantos dias sem te escrever, correndo da universidade ao hospital pra visitar a tua mãe — mas, ante o inesperado que num instante tudo modifica, eu não pude, Bia, — a vibração da vida, em reviravolta, veio torcer as minhas linhas, trazendo outro ausente à sua escritura, — eu preferiria, do mais fundo do meu ser, onde nem posso sentir sob a sola dos pés o final do meu poço, em respeito ao silêncio, eu preferiria asfixiar as palavras que me sobem à garganta, sobretudo porque se são destinadas a ti, Bia, ao saírem de minha boca, também despertarão a verdade pra me cortar — embora eu já a tenha à mão como uma faca —, somente ao enunciá-la em voz alta, pra outra pessoa, é que se iniciará a minha sangria —, eu preferiria, neste caso, o único em que elas, as palavras, não valem só pro exato momento em que foram ditas, e aqui eu reafirmo, tudo o que a gente diz, até mesmo as mentiras provisórias, vale, assim como nós, apenas pra aquela hora, — eu preferiria nada dizer, mas não há como escapar desta anunciação às avessas, eis aí a suprema ironia, — eu preferiria, agora que entro em casa, e te vejo sentada no chão da sala com tuas bonecas, tão inteira, sem imaginar o quão podes te tornar dispersa e milpartida, sem que tenhas a consciência de que as palavras que eu te trago vão operar mudanças em tua vida, eu preferiria, com todas as minhas forças, rudimentares em face da indiferença do real, que fosse a tua mãe quem estivesse contigo, e não a tua avó Helena, que aqui está pra te fazer companhia, enquanto no hospital a tua mãe está à beira da cura definitiva (tão rápida, quem imaginaria?), eu preferiria ter vinte anos a menos — mas a existência é sempre mais, mais perdas e espantos —, pra responder com desenvoltura a esta situação que o mundo noticia pra nós, eu preferiria que estivesse tocando no aparelho de som uma daquelas canções de ninar que tua mãe põe pra ti, “Old Lullabies”, e aí eu te pegaria no colo, e daria uns passos bruscos de dança, em círculo, coisa de pai desajeitado, que precisa reaprender a se mover nas superfícies lisas, e tu darias uma gargalhada, enlaçada ao meu pescoço, me puxando os cabelos, pra minimizar a vertigem, a tua avó Helena diria, *cuidado!*, e nós iríamos até a janela contar os carros e os ônibus que passam na avenida, ou ao teu quarto, para brincarmos com os presentes que ganhastes, semanas atrás, em teu primeiro aniversário, e eu, remenino, ajoelharia, e, apoiando as mãos no assoalho, te convidaria pra que subisses às minhas costas e me cavalgasses, e, depois, esquecidos do mecanismo do universo que gera atos abomináveis na esfera humana, eu pegaria lápis e papel e desenharia, em traços grotescos (por isso mesmo, capazes de produzir sorrisos), tudo o que me pedisses, reforçando a verdade, que já sabes dizer umas palavras, ainda que, uma vez expressas, possam desmentir o próprio dito, *uma casa, o sol, uma árvore, a mamãe,* — mas eu apenas me aproximo e fico a te mirar, os teus braços me chamando, e eu sem me mover, avaliando o magma que terá de sair de mim e te arrastar também aos dias futuros, a tua avó Helena já entendeu o que eu retenho sob as unhas do silêncio e se vira, abruptamente, pra parede, a fim de que tu nada vejas no rosto dela, deixando-me só à tua frente, Bia, com as mãos vazias e com o que tenho a te dizer.

E o que tenho a te dizer, filha, é que, ao mirar cada coisa por duas vezes, agora, no rol das pessoas, pras quais tu deves dedicar teu segundo olhar, há mais uma, tão minha e tua conhecida, justo seria se fosse eu — que comecei este caderno convicto de que não te veria crescer —, mas é a tua mãe, filha, é a tua mãe que agora lá está. Se nós a perdemos, ela ganhou o silêncio do mundo inteiro. Daqui em diante, nesta casa, e a caminhar na rota escaldante da vida, seremos apenas tu, Beatriz, e eu. Tu e eu — e toda a ausência dela, pra sempre, ▬▬▬

em nós

A SERVIDÃO DAS LEMBRANÇAS

por José Luiz Passos

O melhor é recordar

MACHADO DE ASSIS

Na arte de João Anzanello Carrascoza, a delicadeza é valor incontornável; é arena para sondagens de grande perspicácia. Em várias de suas narrativas, um ar de domesticidade paira por sobre dramas vividos pelos seus meninos — são principalmente meninos —, que descobrem nos detalhes da casa, numa viagem ao lado do pai ou em cenas com vigor de naturezas-mortas, uma magia prestes a se esgotar. A passagem para a vida adulta torna-se umbral penoso. Na culminância dessa estética, que se realiza no romance *Aos 7 e aos 40* [2013], Carrascoza alterna a perspectiva entre o deleite e o desencanto, guiando o leitor num vaivém de duas vozes: uma pessoal, que reflete a infância, e outra distanciada e adulta, porém lírica, a nos dar a crônica do instante em que um homem cata os cacos de seu presente e realiza, com o filho, uma visita à pequena cidade de sua infância: "E embora não pudesse jamais rebobinar a vida,/ eis que ele experimentou,/ outra vez,/ (doendo)/ uma antiga alegria". Atar as duas pontas da vida, tal como nos lembra Bento Santiago, é tarefa que apenas poucos alcançarão.

Caderno de um ausente é, ao mesmo tempo, inversão e síntese desse projeto. Agora, a sondagem é vivida como prospecção da infância e advertência com relação à perda. Um professor de meia-idade, João, escreve uma longa reflexão endereçada à filha, Bia, nascida de Juliana. Ambas as famílias dos pais provêm de troncos imigrantes. Bia nasce em São Paulo e tem um meio-irmão, Mateus. O pai de João foi lavrador, daí, talvez, o traço telúrico da narração: seu apreço por experiências elementares, metáforas pastoris e sua busca por uma dignidade naquilo que é simples. João dirige-se à filha num "tu" íntimo, lindamente arcaico em sua consistência: "e tu sentirás o meu hálito, nada divino, tão (e irremediavelmente) humano, Bia, pois é essa fragilidade, esse abandono forçado de cada um na sua própria solidão, que nos configura". Bia ouve (ou lerá) essa propedêutica à vida enquanto o pai revê fotos de família e evoca a parentela em pinceladas pujantes. O caderno de perfis e sensações que ele deixa para Bia é emocionante: aí estão (imaginadas pelo pai) cenas de uma infância que a filha ainda não viveu; aí também estão, confessas por ele, as dores de pessoas que ela própria não acompanhou. Comum a pai e filha, o caderno é um espaço de decantação da experiência familiar, "e já que aqui estamos, Bia, venha, vou misturar a minha vida à tua, vou te ninar com canções imemoriais".

Essas canções não são meramente consolo, são um preparo para a vida; unguento paternal feito de memórias que resistem "à brutalidade do fim". O pai-professor busca convencer a filha de que "a tua história, Bia, é o bem mais precioso que tens", e essa história começa antes dela: é pesquisa de culpas, ancestralidade e linguagem.

O marco do caderno é a educação sentimental da filha. Aqui, Carrascoza amplia o escopo de sua ficção, deixa de lado a pequena epopeia de seus meninos e abraça a fragilidade do masculino, ligando o primeiro ano na vida de uma menina às excentricidades de seus tios e avós, à precariedade da presença de sua mãe, mulher guardada para o fim e que opera uma vigorosa mudança na vida de João. Tal mudança, vivida como ameaça da perda, é responsável pela inteireza no tônus sentimental do narrador.

Dotado de grande força reflexiva e precisão vocabular, *Caderno de um ausente* nos convida a experimentar, juntamente com Bia, a sanha de lembranças que se nos impõem como servas e algozes. Bia aprenderá que a fúria manancial do passado machuca antes de redimir. Pois, tal como recomenda João, as memórias ensinam a "ver duas vezes". E nessa revisão pressagiada pelo pai, a filha encontrará a única forma de tornar palpável a presença dos que estão para sempre longe demais, muito embora nos sejam tão íntimos.

SOBRE O AUTOR

João Anzanello Carrascoza nasceu em Cravinhos (SP). É autor dos livros *O volume do silêncio*, *Aquela água toda*, *Aos 7 e aos 40*, *Diário das coincidências*, entre outros. Suas histórias foram traduzidas para diversos idiomas. Recebeu os prêmios Jabuti, APCA (Associação Paulista dos Críticos de Arte), Fundação Nacional do Livro Infantil e Juvenil, Fundação Biblioteca Nacional e os internacionais Guimarães Rosa (Radio France) e White Ravens (International Youth Library Munich).

ESTA OBRA FOI COMPOSTA
PELA SPRESS EM ARNHEM PRO
E IMPRESSA EM OFSETE PELA
GEOGRÁFICA SOBRE PAPEL
PÓLEN BOLD DA SUZANO S.A.
PARA A EDITORA SCHWARCZ
EM NOVEMBRO DE 2022

A marca FSC® é a garantia de que a madeira utilizada na fabricação do papel deste livro provém de florestas que foram gerenciadas de maneira ambientalmente correta, socialmente justa e economicamente viável, além de outras fontes de origem controlada.